plus belle la vie

Déjà parus dans la même collection

Les Secrets du Mistral, tome 1
Le Corbeau du Mistral, tome 2

À paraître

La Fiancée du Mistral, tome 4

Le tigre bleu 146, bd de Charonne 75020 Paris
Telfrance Série 1, bd Victor 75015 Paris

ISBN 2-916289-02-X
Diffusion France CED
Diffusion Belgique Interforum Benelux

Adapté du feuilleton *Plus belle la vie*, d'après une idée originale d'Hubert Besson et une histoire et des personnages créés par Bénédicte Achard, Georges Desmouceaux et Magaly Richard Serrano – © Telfrance Série / Rendez-Vous Production Série – 2004/2005 avec la participation de France 3

Le Trésor du Mistral est librement inspiré des épisodes 191 à 253 du feuilleton *Plus belle la vie*.

Claude Lambesc

plus belle la vie

tome 3
Le Trésor du Mistral

le tigre bleu
telfrance

Le neveu miraculeux | 1

Charles Frémont, au fond de lui, désirait profondément être aimé de ses semblables. Il souffrait de son image de malfaiteur pervers et sans scrupule et, tout en reconnaissant qu'il avait parfois été brutal, il aspirait désormais à tourner la page, à prouver que lui aussi était digne d'estime et à se réconcilier avec l'humanité. Bon, peut-être pas avec toute l'humanité – mais au moins avec les habitants du Mistral.

Il savait qu'il était *persona non grata* dans le quartier. Certes, chacun avait sa petite raison (réelle ou supposée) de lui en vouloir, mais les faits étaient là : il était né au Mistral et il avait décidé d'y revenir pour y commencer une nouvelle vie. Après tout, en séjournant un moment en prison, il avait déjà payé pour ses méfaits, il avait « versé un acompte », comme il se plaisait à le dire. Après sa libération, obtenue en dénonçant au péril de sa vie le tueur en série qui avait semé la terreur dans cette partie de Marseille, il estimait désormais qu'il était dans l'ordre naturel des choses qu'il se refasse une virginité dans le quartier de son enfance. Histoire de boucler la boucle, en quelque sorte.

Ses premiers pas sur le chemin de la rédemption ne furent pas faciles. Mirta Torres avait accepté à contrecœur de lui louer une chambre dans son hôtel, le *Select*, et, chaque fois qu'il croisait Rachel Lévy à la réception, il avait droit à ses sarcasmes. Elle le connaissait depuis de très longues années et avait décrété que le droit à une seconde chance ne s'appliquait pas aux hommes tels que lui.

Mais Frémont prenait son mal en patience et redoublait de gentillesse et de sollicitude envers tous les Mistraliens qu'il croisait. Secrètement, il espérait surtout que Luna, la fille de Mirta, dont il était éperdument amoureux, ne le repousserait pas. Mais à peine installé au *Select Hôtel*, il avait appris que la jeune comédienne était partie à Paris – et on ne s'était pas gêné pour lui faire comprendre qu'elle le fuyait. Qu'importe : avec Luna aussi, il saurait se montrer patient.

En attendant, tout à son désir de se racheter une conduite, il avait décidé de frapper un grand coup pour s'attirer les bonnes grâces des Mistraliens.

Blanche Marci sortait de chez elle lorsqu'elle aperçut l'ancien escroc qui arpentait la place et distribuait des tracts aux passants. Elle hésita entre son premier réflexe – l'éviter – et sa curiosité : à quel manège se livrait celui qu'elle considérait comme un salaud parfait ? Mais Frémont lui tendait déjà un prospectus, avec ce sourire mielleux qu'il affichait désormais en toute circonstance. Blanche se saisit de son papier en fronçant les sourcils.

– Qu'est-ce que c'est, votre machin ?

– « Immeubles en fête ». Tout le quartier est invité à participer. Mais vous savez probablement comment ça se passe, inutile que je vous explique, n'est-ce pas ?

Blanche, sidérée, considéra Frémont.

– Attendez un instant. C'est vous qui vous occupez de ça ? Vous êtes sérieux ?

– J'avoue que je ne connaissais pas cette opération avant de m'installer au Mistral. C'est Roland qui m'en a parlé. Réunir les habitants autour d'un repas convivial : voilà exactement le genre d'initiative qu'on devrait prendre plus souvent ! On manque tellement de fraternité, à notre époque !

– Mais... C'est de la provocation, ou quoi ?

– Je n'ai jamais été aussi honnête, plaida Frémont.

– Mais personne ne viendra à une fête que vous organisez !

– J'ai déjà une demi-douzaine de familles inscrites ; et, si on s'y met tous, on devrait réunir suffisamment de monde pour passer une soirée très sympathique.

Blanche n'en revenait pas : quel culot ! Et le pire, c'est qu'il paraissait sincère. Quel comédien, ce Frémont !

– Écoutez, je ne sais pas à quoi vous jouez, mais personne ne veut de vous, ici. Alors...

– Ce quartier est à tout le monde. Et je vous rappelle que je suis un Mistralien de naissance.

– Vous êtes une crapule de naissance, oui !

– Si vous ne voulez pas participer à la fête, libre à vous. Mais il est inutile de m'insulter.

– Mais c'est vous qui insultez les habitants de ce quartier en vous pavanant et en jouant les bienfaiteurs !

– Blanche, je sais que j'ai blessé des gens, ici. Et j'en éprouve du remords, vous savez.

– À d'autres ! Je n'y crois pas une seule seconde ! Je ne sais pas ce que vous manigancez, Frémont. Mais je ne vous laisserai pas nous mener en bateau !

Blanche était furieuse et, joignant le geste à la parole, s'empara des tracts de l'ex-avocat pour les jeter à terre.

– Mais qu'est-ce qui se passe ? s'inquiéta une voix derrière elle.

Elle se retourna et découvrit Juliette, qui distribuait elle aussi des prospectus pour « Immeubles en fête ». La jeune fille paraissait abasourdie par la violence de Blanche.

– Juliette ! Ne me dis pas que tu participes aussi à cette mascarade !

– Pourquoi ? Vous pensez que je suis une crapule, moi aussi ? Parce que je m'appelle Frémont ?

Blanche réalisa alors qu'elle l'avait blessée.

– Ce n'est pas ce que j'ai voulu dire. Mais je ne m'attendais pas à...

– À me voir donner un coup de main à mon père ? Et alors, c'est un crime ? Vous, vous n'êtes pas du genre à laisser une deuxième chance aux gens, c'est ça, hein ? Eh bien, c'est dégueulasse !

Juliette balança ses tracts et tourna le dos à Blanche, aussi embarrassée qu'impuissante, et, le temps qu'elle cherche ses mots, la jeune fille avait quitté la place. Frémont soupira.

– Que vous me détestiez, je peux le comprendre, mais vous en prendre à ma fille... Alors, pour vous, les enfants de vos ennemis sont vos ennemis, c'est bien ça ?

– Pas du tout... Je ne voulais pas vexer Juliette : je l'aime beaucoup. C'est la petite amie de mon fils, je vous le rappelle.

– Mais vous avez une manière toute personnelle de lui manifester votre estime.

– Je suis désolée de ce qui vient de se passer. J'ai été excessive, et je le regrette.

Frémont acquiesça en silence et se pencha pour ramasser les prospectus que sa fille avait laissé tomber. Blanche hésita un instant puis, toujours mal à l'aise, finit par lui prêter main-forte. Au bout de quelques minutes, l'ancien avocat brisa le silence.

– Vous savez pourquoi j'ai demandé à Juliette de m'aider à organiser cette fête ?

– Non.

– Je voulais que, pour une fois, elle soit fière de son père. Mes deux filles ont été les premières victimes de mes… excès. Vous comprenez ?

– Oui.

Blanche fut touchée de cet aveu. Frémont, lui, la regardait en souriant tristement.

– Vous avez beaucoup d'influence dans ce quartier. Puis-je espérer de votre part une attitude neutre à l'égard de cette soirée ? Faites-le pour Juliette.

– Je… Je ne me mêlerai pas de cette affaire, promit-elle.

– Mais vous serez aussi la bienvenue. Est-ce que vous viendrez ?

– Je ne crois pas, non…

Troublée, Blanche abandonna Frémont et reprit sa route. Les paroles de Juliette résonnèrent en elle. Peut-être, en effet, devait-on offrir une seconde chance à son père ?

Postées au *Bar du Mistral*, Rachel et Mélanie avaient suivi toute la scène entre Blanche et Frémont. La vieille dame remuait son thé en secouant la tête d'un air satisfait.

– Apparemment, Blanche lui a cloué le bec, à cet hypocrite !

– Je ne sais pas, douta Mélanie. Elle n'avait pas l'air d'en mener bien large, après sa dispute avec Juliette. Après tout, il ne faut pas mettre tous les Frémont dans le même sac !

– Ça, c'est vrai. La gamine n'y est pour rien : on ne choisit pas ses parents, convint Rachel.

– Moi, depuis qu'il est dans le quartier, je n'ai pas grand-chose à lui reprocher, vous savez ! Toujours poli, toujours un pourboire…

– C'est sa méthode : le loup avance toujours couvert d'une peau d'agneau. Mais tu verras qu'il finira par sortir ses crocs.

– Mais vous, il ne vous aura pas, c'est ça ? railla gentiment la serveuse.

– À mon âge, on a appris à se méfier des apparences, tu sais...

Mélanie haussa les épaules. Puis elle remarqua que le client qu'elle venait de servir lui souriait. Bel homme, la trentaine, le regard doux et l'air un peu rebelle... Spontanément, la jeune femme lui rendit son sourire. Alors, l'inconnu lui adressa la parole.

– Je peux vous demander quelque chose, mademoiselle ?

– Bien sûr, tout ce que vous voudrez ! répondit Mélanie avec un peu trop d'entrain.

– Vous êtes du quartier ?

– Tout juste !

– En fait, je cherche une dame qui s'appelle Rachel Lévy.

Celle-ci prit la parole.

– Et que lui voulez-vous, à Rachel Lévy ?

– J'aimerais la rencontrer.

– À quel propos ?

– C'est personnel.

– Et vous êtes ?

– Son neveu.

Rachel fit la grimace, puis toisa l'inconnu avec mépris.

– Rachel Lévy, c'est moi. Je n'ai eu qu'une sœur, et elle est morte dans un camp de concentration nazi alors qu'elle n'était qu'une enfant. Et vous, qui êtes-vous exactement ?

L'homme sortit de son portefeuille une photo jaunie et la tendit à la vieille dame. Une femme souriait au photographe, un bébé dans les bras. Rachel blêmit.

– Judith ? s'exclama-t-elle. Je reconnaîtrais son visage entre mille... Mais comment est-ce possible ?

– Pourrions-nous aller discuter dans un endroit plus… tranquille ? Je crois que nous avons beaucoup de choses à nous dire, madame Lévy.

Celle-ci acquiesça sans piper mot, bouleversée, incapable de détacher son regard de la photo. L'inconnu déposa un peu de monnaie sur le comptoir puis ouvrit la porte du bar.

– Je m'appelle Guillaume. Guillaume Leserman, annonça-t-il doucement.

Quand Luna avait appris, par son amie Charlotte, que Frémont s'était installé au *Select*, elle avait réalisé qu'il ne lui servirait à rien de fuir plus longtemps : à moins de partir aux antipodes, elle ne pourrait éviter indéfiniment la confrontation avec son encombrant prétendant. Aussi avait-elle décidé d'écourter son séjour à Paris et de retrouver l'atelier de stylisme de sa copine, avec qui elle travaillait.

– Autant prendre le taureau par les cornes, finalement, lui expliquait-elle tout en rangeant ses affaires.

– Et comment comptes-tu faire pour dompter le taureau en question ?

– Je vais lui parler, tout simplement. Charles n'est pas le monstre froid que l'on dépeint souvent.

– C'est sûr qu'en ce moment il se donne beaucoup de mal pour faire croire le contraire. Il a commencé par nous faire le coup du retour aux sources. Et maintenant, il répète à qui veut l'entendre qu'il va consacrer son temps au rachat de ses fautes !

– Autant lui accorder le bénéfice du doute, non ?

– D'accord, Luna. Mais il en a après toi, et il ne va pas se laisser éternellement mener par le bout du nez. Tôt ou tard, il risque de ne plus contrôler ses pulsions.

– Je crois que Charles est capable de beaucoup de choses, mais pas de se montrer violent envers moi.

– C'est bien, en effet, la dernière chose au monde que je pourrais faire...

Les deux femmes se retournèrent. Frémont avait pénétré dans l'atelier sans un bruit. « Comme un loup », songea la styliste.

– Bonjour, mesdames. Vous m'avez l'air en pleine forme.

Pour toute réponse, Charlotte hocha légèrement la tête, puis s'empara prestement de son sac à main, comme si tout d'un coup elle se souvenait d'une course urgente à faire.

– J'ai laissé passer l'heure ! s'exclama-t-elle. Mais je dois absolument passer à la banque avant qu'elle ne ferme.

– Mais tu ne m'as même pas briefée sur les travaux en cours ! protesta Luna. Je ne sais rien ni des dernières commandes, ni des modèles sur lesquels tu bosses !

– Ce n'est pas grave : on fera ça cet après-midi. Ne m'attends pas pour déjeuner : je mange avec Vincent.

Et Charlotte disparut. Frémont se tourna vers Luna.

– Si je comprends bien, vous êtes libre ce midi. Puis-je vous inviter ?

– Eh bien... Oui, bien sûr.

– Je reviens vous chercher dans un petit quart d'heure. Ça vous convient ?

– Oui, c'est très bien.

« Un petit quart d'heure pour préparer ma défense », songea-t-elle alors, un peu inquiète.

Longeant la mer, Guillaume Leserman répondait patiemment aux nombreuses questions qui se bousculaient dans l'esprit de Rachel – notamment toutes celles concernant Judith, sa petite sœur, qu'elle avait toujours cru morte en déportation.

– ... Quelque part dans l'est de la France, le convoi s'est arrêté, et votre mère est parvenue à confier Judith à la famille du garde-barrière. Ils l'ont recueillie et cachée et, après la guerre, persuadés que plus personne ne viendrait la réclamer, ils l'ont adoptée.

– Elle n'a jamais pensé à rechercher ses vrais parents ?

– Elle n'a appris la vérité que très tard ; et, comme vous, elle a toujours cru qu'elle était la seule de sa famille à avoir échappé aux camps de la mort.

– Toutes ces années, j'ai vécu en portant le deuil de ma sœur, alors qu'elle vivait à Bordeaux, à quelques centaines de kilomètres d'ici, dit tristement Rachel. Quelle absurdité... Est-ce qu'elle a été heureuse ?

– Oui, je crois. En tout cas, elle a eu un beau mariage : mon père et elle s'adoraient.

Rachel hocha la tête, rassurée, puis se perdit un moment dans ses pensées. Guillaume se tut : il ne voulait pas la brusquer.

– Et toi ? Comment as-tu fait pour me retrouver ? finit-elle par demander.

– À la mort de ma mère, en rangeant ses affaires, je suis tombé sur de vieux papiers et des photos. J'ai aussi trouvé son vrai nom...

– Schulmann, confirma Rachel.

– Je savais à quelle date le train pour l'Allemagne était parti, et j'ai fait quelques recherches : la plupart des Juifs de ce convoi venaient de Marseille et de ses environs. De fil en aiguille, j'ai découvert votre existence.

– Mais trop tard pour Judith...

– Malheureusement, oui.

Puis ce fut au tour de Guillaume de poser ses questions.

– Et vous, Rachel ? Comment avez-vous échappé à la déportation ?

– J'étais sortie pour faire les courses. Avec les restrictions, il fallait faire la queue, ça prenait un temps fou. Quand je suis rentrée à la maison, j'ai vu la police qui emmenait mes parents. Maman portait Judith dans ses bras. J'avais envie de courir vers eux – mais quelque chose de plus fort, comme une sorte d'instinct de survie, m'a ordonné de rester cachée.

– Et ensuite ? Comment avez-vous pu vous en sortir toute seule ? s'étonna Guillaume.

– J'ai été recueillie par les parents de Roland, le propriétaire du bar où tu m'as rencontrée. Ils m'ont cachée jusqu'à la Libération. J'ai attendu, attendu... Je pensais que ma famille finirait par revenir. Mais un jour, au cinéma, j'ai vu aux actualités les images des camps nazis. J'ai compris à ce moment-là que je ne reverrais plus personne.

Les yeux humides, Rachel plongea de nouveau dans le silence. Elle essuya dignement une larme qui s'était échappée, puis se tourna vers Guillaume.

– Et toi ? Tu as une femme, des enfants ?

– Ma femme s'est tuée dans un accident de montagne il y a sept ans, alors que nous vivions séparés. Je vis avec notre fils. Il a quatorze ans.

– Pauvre bonhomme... Ça n'a pas dû être facile.

– C'est Judith qui l'a élevé : il est resté chez elle jusqu'à sa mort. Il adorait sa grand-mère.

– Et comment s'appelle-t-il ?

– Nathan.

– C'est joli, Nathan... Très joli...

Guillaume entoura Rachel de son bras. Ils firent quelques pas en silence, le temps d'un recueillement où se mêlaient à la fois de la tristesse et de la joie.

– Vous ne vous sentez pas bien ? Vous n'avez pas touché à votre assiette... Quelque chose vous tracasse, peut-être ?

Charles Frémont regardait Luna d'un air attendri, mais sa voix trahissait une pointe de reproche. Jusque-là, la jeune femme n'avait réussi qu'à formuler des banalités terribles qui sonnaient faux d'une manière épouvantable.

– Je n'ai pas très faim... La fatigue du voyage, sans doute.

– Paris-Marseille en TGV, ce n'est pas le Paris-Dakar ! Non, je ne pense pas que ce soit à cause du train. Vous avez eu des soucis durant votre séjour là-bas ?

– Non, pas du tout ! D'ailleurs, je... je voulais vous écrire. Mais je n'ai pas eu vraiment le temps, bafouilla Luna.

– Vous n'avez *jamais* le temps de m'écrire, Luna, corrigea Frémont. Quand j'étais en prison, vous n'avez répondu à aucune de mes lettres.

– Je sais. Je n'ai pas d'excuse. Ce n'était pas correct de ma part.

– Oublions cela. Et, maintenant que nous sommes face à face, dites-moi ce que vous aviez de si important à m'écrire depuis Paris.

Luna hésita. Pour gagner du temps, elle se décida à goûter sa cassolette de fruits de mer.

– C'est délicieux, dit-elle pour esquiver.

– Mais c'est dommage de manger froid...

Avant qu'elle n'ait eu le temps de réagir, Frémont appela le serveur et le renvoya faire réchauffer le plat en cuisine.

– Vous disiez, ma chère ? reprit-il avec un petit sourire.

– La lettre ? Eh bien... Je voulais prendre de vos nouvelles. Mais je vois que vous allez bien.

– J'imagine que vos amis vous ont prévenue de mon arrivée au Mistral à peine y avais-je mis les pieds.

– Oui, Charlotte m'en a touché un mot.

– Luna, arrêtons de tourner autour du pot. Je ne veux pas de ça entre nous : je tiens par-dessus tout à entretenir une relation de confiance avec vous. Je vais vous dire ce qui, d'après moi, s'est passé : vous êtes partie à Paris car vous avez eu peur de la promesse que vous m'avez faite quand j'étais à l'hôpital. Je me trompe ?

– Pas vraiment, non.

– Mais arrêtez de faire cette tête de martyre ! Je ne suis pas ici pour réclamer mon dû !

Luna osa enfin regarder Frémont dans les yeux. Ce qu'elle y vit la rassura et la surprit tout à la fois : il avait l'air sincère.

– Je vous ai dit que je m'offrirais à vous si vous dénonciez le tueur qui menaçait Charlotte. Vous avez tenu parole, Charles. Maintenant, vous seriez en droit d'exiger que je m'acquitte de ma promesse, soupira-t-elle.

– Et pour obtenir quoi ? Une femme forcée et malheureuse ? Ce n'est pas ce que j'attends de vous, Luna !

– Et... qu'attendez-vous ? osa la jeune femme.

– Que vous fassiez le choix de m'aimer.

Le serveur rapporta la cassolette fumante. Mais Luna avait l'estomac encore plus noué qu'avant. La conversation la déstabilisait davantage qu'elle ne l'aurait pensé. Tant que sa relation avec Frémont reposait sur le rapport subtil entre la séduction et la menace, elle savait s'en arranger. Là, sa sincérité la désarçonnait.

– Mais ce choix... Peut-être n'arrivera-t-il jamais, répondit-elle dans un souffle.

– J'ai tout mon temps pour essayer de faire pencher la balance de mon côté... Mais mangez, je vous en prie !

Luna se décida à picorer – une pause qui lui permit de faire dévier la conversation.

– Charles, pourquoi avez-vous décidé de vous installer au Mistral ?

– Eh bien... Pour être plus près de vous ?

– C'est la seule raison ?

– Vous savez, Luna, j'ai passé ma vie à essayer d'oublier mes racines, à renier mon enfance, et donc le Mistral. Quand j'étais en prison, ce sont pourtant les images de ce quartier qui me hantaient, comme si j'avais peur de passer à côté d'une vérité. Il fallait donc que je revienne là où j'ai grandi, pour me confronter à mon passé et faire le bilan de ma vie.

– Le bilan, comme vous dites, ne va pas être facile à faire avec les Mistraliens.

– Effectivement, ils sont nombreux à penser que je manigance quelque chose, reconnut Frémont avec légèreté.

– Et ils ont tort ?

– Absolument. Sauf si tenter de vous séduire est considéré comme un mauvais coup.

Luna rit doucement.

– Vous êtes un homme de pouvoir et d'argent, Charles. Les gens ont raison de se méfier.

– Sauf que ni le pouvoir ni l'argent ne m'ont apporté le bonheur. Alors je change mon approche de la vie.

Luna opina, pensive. Était-il possible de croire sur parole quelqu'un comme Frémont ? Jamais il ne lui avait paru si sensible et si sincère.

– Demain a lieu l'opération « Immeubles en fête ». Vous viendrez, j'espère ?

– Je ne sais pas. Les fêtes de quartier, c'est pas trop mon truc.

– Mais c'est moi qui l'organise, avec ma fille Juliette. Venez, je vous en prie.

– Je ne vous promets rien, Charles.

Frémont sourit, avec un mélange de bienveillance et d'amusement.

– Oh ! Mais je ne vous demande pas de promesse, Luna : je sais que vous ne les tenez pas. Mais vous prendrez bien un dessert ?

Toute à son bonheur de profiter de son neveu miraculeux, Rachel n'avait pas lâché Guillaume de la journée et l'avait entraîné dans un parcours de mémoire à Marseille. Maintenant, ils contemplaient la ville depuis la colline de Notre-Dame-de-la-Garde.

– Quand j'étais petite, je venais régulièrement ici pour pique-niquer avec mes parents. On aimait bien se retrouver au-dessus de la ville, et sentir toute cette activité à nos pieds, avec la mer au loin... Nous étions si heureux...

Ils firent quelques pas en silence. Rachel s'était, une fois de plus, perdue dans des souvenirs douloureux.

– Et... tu as vécu la libération de Marseille ? demanda Guillaume en tutoyant sa tante pour la première fois.

– Et comment ! Je suis sortie de ma cachette malgré l'interdiction du père de Roland. C'est que je ne voulais pas rater les Américains, moi ! J'attendais ce jour depuis trop longtemps.

– J'imagine !

Rachel désigna un point à une centaine de mètres.

– Tu vois, là-bas, il y avait une batterie allemande qui empêchait les Alliés de progresser : elle verrouillait tous les accès. C'est un petit gars du Mistral qui a indiqué à nos troupes un chemin dérobé pour la prendre à revers. C'était mon premier amoureux...

L'œil de la vieille dame pétilla. Guillaume, amusé, sourit.

– Un beau souvenir, apparemment !

– Il ne me reste que ça de cette époque : des souvenirs. Des bons et des mauvais...

– Tu n'as rien pu garder de tes parents ? Les nazis ont tout pris ?

– Pas les nazis, non ! C'est la police française qui a arrêté ma famille !

– Et ils ont tout pillé ?

– Quand je suis revenue à la maison, à la Libération, tout avait disparu, même les objets sans valeur : une vraie razzia ! La seule chose qui me reste, c'est ce médaillon.

Rachel tira sur une chaîne qu'elle portait à son cou et

montra le bijou à Guillaume.

– Il est magnifique.

– Mon père me l'avait offert peu de temps avant son arrestation. Voilà tout mon héritage. Ça, et mes souvenirs : c'est tout ce qui reste de la famille. Et après moi...

Elle secoua tristement la tête.

– Désormais, il y a Nathan et moi, protesta son neveu.

Émue, la vieille dame lui caressa tendrement la joue.

– Pardon. Tu as raison. Je n'y suis pas encore habituée, c'est tout. Et puis, à peine entré dans ma vie, tu vas en repartir : tout cela est un peu... étrange.

– Je t'ai dit que je repartais ?

– Ta vie est à Bordeaux, non ? Même s'il est vrai que nous ne serons pas loin l'un de l'autre. Et il me tarde de connaître Nathan !

– Tu vas faire sa connaissance très rapidement, et pour plus longtemps que tu ne le crois. Si je suis venu ici, c'est bien sûr pour te rencontrer, mais aussi parce que je compte m'installer au Mistral. On m'a confié une mission à Marseille. Je ne voulais pas t'en parler avant qu'on n'ait fait vraiment connaissance.

– Mais c'est formidable, ça ! Et ton fils arrive quand ?

– D'ici quelques jours.

– Comme je suis heureuse ! Tiens, je vais lui offrir quelque chose !

– Ce n'est pas nécessaire, Rachel : il ne faut pas...

– Si, j'y tiens ! Pour lui souhaiter la bienvenue ! Tu ne te rends pas compte : pour moi, ce petit-neveu, c'est un cadeau tombé du ciel !

« Eh bien, tu ne vas pas être déçue », songea Guillaume. Mais il se garda bien de briser les illusions de sa tante...

Il la raccompagna jusqu'au Mistral. Roland, déjà au parfum, lui fit signe depuis son bar.

– J'étais impatient de faire votre connaissance, avoua-t-il. Qu'est-ce que je peux avoir le plaisir de vous offrir ?

– C'est plutôt moi qui ai une dette envers vous ; ou plutôt, c'est ma famille envers la vôtre : Rachel m'a tout raconté.

– Dites-vous que vous auriez fait la même chose ! Alors, qu'est-ce que je vous sers ? Une anisette ? Un verre de vin ? Nous faisons aussi des cocktails... mais je vous avoue que je ne suis pas aussi doué que mon fils pour ce genre de préparation. Moi, je suis de la vieille école, alors que lui, il a été barman à Ibiza.

– Une bière fera très bien l'affaire, merci.

– C'est parti !

Pendant que Roland s'occupait de son demi, Guillaume sortit son portable et s'éloigna de quelques pas.

– C'est moi, dit-il à voix basse. Ça coince avec Rachel : elle ne sait rien. Oui, j'ai l'impression qu'elle dit la vérité. Non, juste un médaillon... Je compte remonter la piste des collabos... Chercher les descendants... On est d'accord. Très bien. Je vous laisse.

Il raccrocha au moment où Roland posait sa bière sur le comptoir.

– Et un demi bien frais !

– Merci, Roland. À votre santé.

Il leva son verre. Le patron lui répondit d'un signe de tête avec un grand sourire, puis se tourna vers une cliente qui venait d'arriver. Guillaume ne vit d'abord que le profil de la jeune femme. Malgré lui, ses doigts se relâchèrent, et il dut poser son demi pour ne pas le laisser tomber. Son rythme cardiaque s'accéléra. « Qu'est-ce qui m'arrive ? », se demanda-t-il. Sa perception des choses semblait s'altérer. L'inconnue s'adressa à Roland.

– Tiens, vous servez des cocktails, maintenant ? demanda Luna en consultant l'ardoise.

– C'est une idée de Thomas, répondit le patron. Tu veux essayer ? Je te conseille le Mistral gagnant : c'est comme un ti punch, mais avec du pastis en plus.

– Migraine gagnante, oui ! Sans façon, merci : les cocktails, c'est pas ma tasse de thé, si je puis dire. Ou alors, il faudrait que tu me proposes un Hesperidina. Mais je doute que tu connaisses...

– C'est fait avec quoi ? demanda Roland.

– Orange amère et eau de Seltz sur glace pilée, intervint Guillaume. On boit ça en Argentine.

Luna se retourna. Une décharge électrique descendit le long de sa moelle épinière. Une sensation de vertige l'envahit. Elle eut immédiatement la certitude que ses joues rougissaient. Elle voyait bien les lèvres de Roland qui bougeaient, mais n'entendait aucun son. Il la fixa avec étonnement.

– Allô, allô, la Terre appelle Luna Torres, répéta-t-il.

– Oui...

La jeune femme fronça les sourcils. Elle avait l'air de découvrir l'existence du *Bar du Mistral.*

– Je te disais, Luna, que si tu attends cinq minutes Thomas pourra peut-être te le faire, ton cocktail de gaucho.

Mais elle secoua la tête comme si elle était en proie à une urgence secrète.

– Non, merci... Je... Je dois y aller...

Elle quitta le bar presque en titubant. Sur la place, elle s'éloigna dans une direction, puis s'arrêta, se ravisa et repartit dans l'autre sens. Roland la suivit du regard et haussa les épaules.

– Faudra que j'apprenne à le faire, ce cocktail : ça a l'air de la tournebouler.

Guillaume, lui, n'avait pas quitté la jeune femme des yeux jusqu'au moment où elle était entrée dans l'atelier de Charlotte.

– Vous la connaissez ? s'enquit-il auprès du patron.

– Bien sûr ! C'est Luna, la fille de Mirta Torres, la patronne du *Select Hôtel*, juste à côté. Elle travaille un peu plus loin, dans l'atelier de stylisme de Charlotte Le Bihac. Si vous restez un peu parmi nous, vous ferez connaissance avec tout le monde : vous verrez, on est une grande famille, ici !

Mais Guillaume se souciait comme d'une guigne de la grande famille du Mistral. Lui, il voulait Luna. Maintenant.

Un cœur se brise ?

Frémont réalisait à l'instant qu'il n'aurait pas dû parler à Céline de son intention de gagner le cœur de Luna, qu'il considérait désormais comme la femme de sa vie.

– Je ne comprends pas que tu sois allé la voir, se lamentait sa fille, comme si c'était la dernière chose qu'il aurait fallu faire.

– J'aurais dû te demander ton autorisation, peut-être !

Le père avait du mal à cacher son exaspération.

– Je sais, papa, je me mêle de ce qui ne me regarde pas...

– Au moins, tu es lucide !

– ...mais je persiste à croire que Luna n'est pas la femme qu'il te faut. Je ne veux pas que tu ailles au-devant d'une déception douloureuse. Je n'ai pas envie de te voir souffrir.

– Je n'ai pas peur d'être déçu. Je n'ai plus rien : plus de fortune, plus de travail, plus d'amis...

– Tu nous as, Juliette et moi.

– Je sais. Mais je ne te parle pas de ça. J'ai envie d'aimer, Céline. Ça te paraît si incongru ? Aujourd'hui, c'est l'amour qui me donne l'impression d'exister. Et c'est Luna que j'ai choisie, que ça te plaise ou non.

– Mais j'ai peur qu'elle se moque de toi.

– Tu crains que je sois ridicule ? Moi, non. Après ce que j'ai traversé…

– Je ne dis pas que tu dois rester seul, papa. Mais tu pourrais rencontrer quelqu'un de plus…

Céline, embarrassée, chercha le mot approprié.

– Quelqu'un qui ait mon âge ? Je t'en prie… Ce n'est pas à toi que je vais apprendre que le cœur a ses raisons ! C'est Luna que je veux. Aucune femme ne m'a jamais fait vibrer comme elle.

– Mais imagine qu'elle tombe amoureuse de quelqu'un d'autre : comment réagirais-tu ?

– Luna n'est pas une sentimentale. Elle ne s'est jamais attachée à aucun homme, et qu'elle ait une aventure sans lendemain ne me touchera pas. C'est son cœur que je veux, avant son corps.

– Mais si ça arrivait quand même ? Si elle te rejetait définitivement à cause d'un autre ? Ne me dis pas que tu n'en souffrirais pas !

– Tes craintes sont sans fondement, Céline : je n'ai pas de rival à l'horizon. Et je saurai attendre le temps qu'il faudra. Je ne laisserai pas passer ma chance. Pas cette fois-ci.

Céline soupira. Toute discussion était inutile. Son père était bel et bien envoûté – et elle n'avait aucun moyen de l'exorciser.

Luna, justement, était en train d'assommer la pauvre Charlotte de commentaires semi-délirants sur ce qu'elle venait de vivre au *Bar du Mistral.* À l'écouter, cela tenait presque de l'expérience paranormale !

– C'est simple, tentait-elle d'expliquer. J'ai eu l'impression de faire du saut à l'élastique, mais sans élastique, tu vois ?

– Franchement, pas trop, non, sourit Charlotte.

– Mais si, voyons ! Un mélange de vertige, d'accélération des particules et d'éruption volcanique !

– Rien que ça ! Tu n'as pas oublié l'explosion atomique ?

– J'arrête : tu te moques de moi, soupira Luna, dépitée.

– Si je comprends bien, tu as croisé le regard d'un mec pendant cinq secondes...

– Mettons dix, plutôt.

– ...il a prononcé trois mots à propos d'un cocktail et, à partir de là, tu t'es transformée en fusée Ariane ?

– Je sais que ça a l'air dingue, mais ce doit être un coup de foudre : je ne vois pas d'autre explication. En tout cas, c'est la première fois que ça m'arrive.

– Je ne sais pas si je dois me réjouir ou m'inquiéter, reprit Charlotte plus sérieusement. Tu ne connais même pas son nom. Si ça se trouve, il s'est arrêté boire un verre au *Mistral* par hasard et, à l'heure qu'il est, il est reparti à l'autre bout de la France.

– Peut-être. Mais, au risque d'aggraver mon cas, mon instinct me dit que je vais le revoir.

– Et que dit ton instinct à propos de Frémont ? Parce que ta raison, elle, j'ai le sentiment qu'elle a déménagé de ta tête !

– Charles ? Je m'en fous : je ne lui appartiens pas ! De toute façon, il m'a délivrée de ma promesse.

– Tout va pour le mieux dans le meilleur des mondes possible, alors ? Mais imaginons que tu revois ton bel inconnu : tu crois sérieusement que Frémont va vous laisser roucouler et vous offrir le champagne ?

– Charlotte, je n'ai pas envie de penser à ça.

– D'accord. Donc, ça ne sert pas à grand-chose que je te demande de faire attention à toi, j'imagine.

La styliste secoua la tête, mi-inquiète, mi-amusée par l'exaltation de sa copine. Celle-ci sourit et la prit dans ses bras.

– Mais si, tu peux me le demander. Tu es bien la seule, d'ailleurs : c'est pour ça que je me confie à toi !

– Je ne te juge pas, tu sais. Je veux juste t'éviter de faire des bêtises.

Complices, les deux amies s'étreignirent brièvement. Puis Luna soupira.

– Tout de même, si tu avais vu son regard... Le genre qui fait que l'on se sent *vraiment* une femme. Tu aurais ressenti la même chose !

Charlotte acquiesça avec complaisance. Inutile de contrarier Luna : elle était repartie pour un tour. Une vraie adolescente écervelée !

Astrid Frémont était d'une nature méfiante, encore accrue par les mille et un coups tordus de Charles qui lui avaient appris à se tenir sur ses gardes. Depuis qu'elle vivait séparée de son mari, elle se sentait plus libre, plus insouciante, mais elle conservait toujours une part instinctive d'appréhension. Aussi voulut-elle savoir, quand Guillaume Leserman sonna chez elle, qui l'envoyait.

– Je voudrais être sûre que vous n'avez rien à voir avec Charles, lui dit-elle sans détour.

– C'est certain, madame. Je ne connais pas votre mari. Et, comme je vous l'ai dit par téléphone, je travaille pour un cabinet de notaires dans le cadre d'une investigation patrimoniale.

– J'ignorais que l'on employait des généalogistes pour ce genre de choses.

– Quand il s'agit de trouver des héritiers et de recomposer une famille éclatée, c'est ce qu'il y a de mieux à faire. Et c'est le cas pour la personne qui vient de mourir : il s'agit de retrouver ses ayants droit.

– Cette personne serait liée à ma famille ?

– Ah non, pas du tout.

– Mais alors, pourquoi venez-vous me voir ?

Leserman ne répondit pas tout de suite et se plongea quelques instants dans l'un de ses dossiers.

– Vous êtes bien la fille de Jules Tailleroche, décédé le 5 novembre 1995 ?

– Eh bien... Oui...

Astrid détestait que l'on s'intéresse de trop près aux affaires de sa famille. Son instinct lui envoya un signal d'alarme, et elle se raidit.

– Monsieur...

– Leserman.

– Monsieur Leserman, vous refusez, pour des raisons déontologiques, de me donner le nom du notaire qui vous envoie, ainsi que celui de la personne dont il est question de régler la succession. Soit. Mais si vous ne me dites pas maintenant, et clairement, en quoi je suis concernée par cette affaire, je vais devoir mettre un terme à notre entretien. Suis-je claire ?

– Je comprends, madame. Je vais vous expliquer : un homme d'affaires américain a décidé de léguer sa fortune à l'homme, ou à ses descendants, qui lui a sauvé la vie durant l'Occupation.

– Je ne vois toujours pas le rapport avec moi.

– L'auteur de ce testament est le seul survivant d'une famille exterminée dans les camps de la mort. Il a été sauvé grâce à un fonctionnaire de la préfecture des Bouches-du-Rhône. Et j'ai de bonnes raisons de croire que votre père est l'homme en question.

Astrid réfléchit. Trop beau pour être vrai. Quelque chose lui disait qu'il s'agissait d'un coup fourré.

– Mon père ne m'a jamais parlé d'une telle histoire. Ni personne d'autre dans son entourage.

Guillaume sentait, de son côté, que la mayonnaise ne

prenait pas : cette femme était loin d'être naïve.

– Votre père était bien rattaché au cabinet du préfet de 1942 à 1944 ?

– En effet.

– Faisait-il partie du Bureau des Affaires juives ?

– Certainement pas !

– Ne vous méprenez pas, madame Frémont. Je veux seulement savoir si Jules Tailleroche n'aurait pas utilisé ses fonctions officielles pour, en réalité, sauver des Juifs de la déportation.

– Je... Je n'en sais rien.

– Auriez-vous en votre possession des archives familiales que je pourrais consulter, pour nous aider à avancer ?

Astrid secoua la tête avec accablement.

– Ma famille a souffert de la guerre, monsieur Leserman. Nous avons tourné la page depuis longtemps. Définitivement.

Guillaume acquiesça gravement, comme s'il comprenait. Mais revint à la charge.

– Madame Frémont, il s'agit ici d'un héritage de plusieurs millions d'euros.

Elle ne parut pas ébranlée par l'annonce. Au contraire, elle releva la tête et fixa son interlocuteur avec détermination.

– Je suis désolée, mais je crois que vous faites fausse route. Et l'argent n'y changera rien. Je ne me nourris pas des restes de cadavres, voyez-vous. Mais je comprends que vous, ça ne vous gêne pas.

Prononcée avec un mépris glacial, cette phrase marqua la fin de l'entretien. Leserman soupira et se leva.

– Dans ce cas, je ne vais pas vous importuner davantage.

– Je ne vous raccompagne pas, monsieur. La porte est au bout du couloir.

Une fois dans la rue, le généalogiste envoya valser d'un coup de pied rageur une canette vide qui traînait par terre. La vieille l'avait battu par KO technique. Peut-être n'aurait-il pas dû lui parler de ces millions d'euros : ça, ça faisait trop – il aurait mieux fait d'y aller plus en douceur. Reste qu'il n'avait pas avancé d'un pouce, et il avait intérêt à être plus habile avec Rachel. Elle, au moins, ne demandait qu'à boire les paroles de son neveu chéri... Oui, se rassura Guillaume. Avec Rachel, ce serait plus facile.

Johanna Marci, elle, avait appris quelque temps auparavant qu'elle était enceinte. Rudy, son petit ami, avait d'abord commencé par paniquer – comme, du reste, tous les adultes qui entouraient les deux jeunes gens. Chacun y allait de ses interrogations : fallait-il avoir cet enfant ? Qui s'occuperait de son éducation ? Quel serait l'avenir des jeunes parents ? Johanna, finalement, avait tranché la question en annonçant sa volonté de garder le bébé, et accepté d'avance le soutien matériel des futurs grands-parents.

Rudy, lui, après avoir connu des phases d'incertitude, de crainte et de remords, commença à s'imaginer papa avec une gravité qui surprit tout le monde. Il ne jurait plus que par ses « responsabilités », se montrait susceptible dès qu'il estimait qu'on empiétait sur ses prérogatives de « père de famille » et envisageait mille scénarios pour « élever le petit dans de bonnes conditions ». En un mot, lui qui n'avait pas eu de père se sentait investi d'une mission sacrée. Il en faisait des tonnes à ce sujet – une manière, aussi, de dissimuler son désarroi. Et, plutôt que de s'épancher, il préférait, par orgueil peut-être, se murer dans une rigidité possessive qui crispait son entourage.

Ainsi, quand il débarqua chez Lucas et Johanna pour la soirée « Immeubles en fête », il trouva le frère et la sœur en pleine crise d'hilarité. Et quand il voulut en connaître la raison...

– C'est à propos du bébé ! s'esclaffa Johanna.

Rudy se figea instantanément.

– De ses grands-parents, plutôt ! corrigea Lucas.

– En fait, tout à l'heure, expliqua la jeune fille, ils se sont pris la tête sur une histoire de nouvelles couches-culottes qui viennent juste de sortir. Six mois avant la naissance, ils y sont déjà à fond !

– Moi, je dis que papa est bien barré pour être un papy gâteau grave, confirma son frère.

– Maman aussi est bien atteinte !

– Et moi, je deviens quoi, dans cette stimulante compétition entre vos parents ? intervint sèchement Rudy.

– C'est quoi, le problème ? C'est quand même cool si mes parents acceptent de nous aider, non ? rétorqua Johanna.

– D'accord, mais l'éducation du bébé, c'est nous que ça concerne, pas eux !

– Personne ne dit le contraire ! Mais c'est aussi important qu'un enfant soit bien avec ses grands-parents, non ? Leur influence est super importante, tu sais !

– Et pas celle du père, peut-être ?

Lucas soupira devant la mauvaise foi de son meilleur ami.

– Johanna veut dire que c'est quand même mieux si un gamin a des grands-parents qui l'aiment, plutôt que le contraire... Si tout le monde s'intéresse à lui, ça créera des vibrations positives et ça l'aidera à se construire...

– Je ne savais pas qu'on avait un spécialiste de la question parmi nous, persifla Rudy. C'est ça, ton futur film ? *J'élève mon enfant* tendance Bob Marley ? « Des vibrations positives », non mais je rêve !

– Pourtant, tu en aurais bien besoin, se défendit son copain.

– C'est vrai, ça ! Pourquoi tu t'énerves ? renchérit Johanna.

– Parce que c'est moi le père, merde ! Et mon minot, c'est moi qui l'élèverai !

– Tu seras bien content d'avoir un coup de main, tiens !

– Johanna, ne me dis pas que, si je t'annonçais que Mima et ma mère se battent pour s'occuper du bébé, tu sauterais de joie !

– C'est différent, trancha Lucas. Mirta est son arrière-grand-mère, et pour Luna, c'est évident qu'elle n'aura pas le temps de s'en occuper.

– Je ne discute plus avec un Marci : autant parler à un menhir, râla Rudy.

Johanna tenta de l'attirer contre elle. Il bougonna, mais finit par se laisser faire.

– Allez, fais pas la gueule... Personne ne va nous le voler, ce bébé... Faut pas prendre la mouche pour si peu...

– Je ne fais pas la gueule. Mais c'est important...

Rudy se laissa amadouer. Mais, au fond de lui, il ruminait toujours : pas question de laisser Blanche et François se mêler de trop près de son bébé ! Le moment venu, il saurait mettre les points sur les « i ».

La fête des voisins commençait timidement. La place du Mistral était tout entière occupée par de longues tables, comme dans une trattoria de Rome, sur lesquelles chacun déposait sa contribution au banquet. L'arrivée de Charles Frémont gêna plus d'un Mistralien – soit à cause d'un grief personnel contre l'énergumène, soit à cause de sa réputation sulfureuse. Mais la présence à ses côtés de Juliette, unanimement appréciée, jouait en faveur de sa réhabilitation. Certains habitants, d'ailleurs, avaient du mal à réfréner leur curiosité : comment un rapace tel que Frémont pouvait-il se métamorphoser en retraité débonnaire ?

Il fut donc assez rapidement entouré de gens qui, méfiants sans être hostiles, jaugeaient ses paroles et ses gestes. Roland leur servait à la chaîne des verres de punch qui aidaient à abolir la distance avec l'ancien homme d'affaires. Aux langues qui se déliaient, Frémont répondait par un bon mot ou par une offre de services, s'intéressant aux joies et aux misères de ses congénères avec une curiosité sans bornes : le prénom de la petite, la santé des anciens, la dernière partie de boules, le modèle de la nouvelle voiture, la petite astuce pour réussir un aïoli... sans oublier de complimenter madame pour sa si jolie robe. À la fois flatteur et sincère, Frémont sentait les Mistraliens passer de la suspicion à la surprise, puis à une empathie, timide mais réelle, qui le combla d'aise. Même si ce soir l'essentiel était ailleurs – vers l'atelier de stylisme de Charlotte.

Quand il aperçut Luna qui s'approchait, il abandonna illico l'un de ses nouveaux amis, avec qui il discutait des mille et une ressources du tarot de Marseille, et vola à sa rencontre.

– Luna, vous êtes venue ! La soirée sera donc réussie !

La jeune femme se contenta de hocher la tête d'un air distant. Avec une déférence appuyée, Frémont salua Charlotte.

– Vous êtes radieuse. Vincent ne vous accompagne pas ?

– Il passera, mais plus tard.

– Je m'en réjouis.

Il entraîna Luna vers l'une des tables et se saisit au passage d'une fleur qu'il lui offrit.

– Merci d'illuminer cette soirée de votre présence.

– Un camélia, constata-t-elle. Votre fleur fétiche...

– ...que vous aimez aussi, n'est-ce pas ? Puis-je l'accrocher sur votre cœur ?

Luna repoussa l'offre doucement.

– Attendez, je vais le faire moi-même.

Charlotte vola à son secours.

– Luna ! Madame Thuir est ici ! Il faut absolument en profiter pour lui parler de sa commande, puisqu'on n'arrive jamais à la joindre par téléphone.

Son amie rebondit avec un peu de maladresse.

– Ah ! Oui, madame... Thuir. Oui, celle-là, elle nous donne du fil à retordre, dit-elle à Frémont pour justifier l'urgence.

– Rien de grave, j'espère ? s'enquit ce dernier.

– Non, non, mais... il vaut mieux qu'on lui parle maintenant. Excusez-moi...

Charlotte entraîna Luna à l'autre bout de la place. Elles s'agrippèrent à l'une de leurs voisines et échangèrent quelques propos anodins sur le temps et la couleur des nappes. Les deux amies hochaient pourtant gravement la tête, comme s'il s'agissait d'une discussion importante. Car Frémont ne les quittait pas des yeux...

– Je t'avais dit qu'il ne te lâcherait pas la bride, murmura Charlotte.

– Ça commence bien... S'il me fait une déclaration en public, je disparais sous terre !

– On n'en est pas encore là. Mais ce qui est sûr, c'est qu'il va te coller toute la soirée. Si j'étais toi, je ferais le minimum syndical – et ciao, bonsoir !

– Je ne vais pas le fuir, quand même, protesta Luna. Et puis, je viens à peine d'arriver.

Elle regardait tout autour d'elle, balayant des yeux tous les visages qui l'entouraient. Charlotte fronça les sourcils.

– Ne me dis pas que tu cherches qui je crois...

Luna hocha la tête sans répondre et étira le cou pour voir le plus loin possible. Sa copine soupira.

– Ne manquerait plus que ton bel inconnu se pointe.

– Quoi ? Ce serait génial, au contraire !

– Tu as vu l'état de Frémont ? S'il te voit craquer pour un autre homme, je doute qu'il vienne le féliciter !

– Ça va ! D'abord, c'est pas dit qu'il vienne, et puis je sais me tenir.

Au même moment, elles entendirent la voix de Rachel derrière elles.

– Charlotte, Luna ! J'ai quelqu'un à vous présenter !

Luna ne se retourna pas tout de suite, et continua à scruter les environs.

– Faut pas rêver, de toute façon, grommelait-elle entre ses dents.

Puis elle fit face à Rachel.

– Ce serait vraiment un coup de...

Guillaume se tenait devant elle.

– ...chance, souffla-t-elle.

– Voici mon neveu, Guillaume Leserman, dit Rachel.

– Jolie fleur, commenta-t-il en désignant le camélia.

– Merci...

– Et si on s'asseyait tous ensemble ? proposa-t-il.

– Plus tard ! décida Rachel. Dans l'immédiat, je veux te présenter à tout le monde.

Elle entraîna aussitôt son neveu, qui sourit à Luna avec un petit geste de complicité. Celle-ci le regarda s'éloigner comme s'il était le Christ marchant sur l'eau.

– Je suis d'accord avec toi : il ne manque pas de charme, taquina Charlotte.

– Comment as-tu deviné que c'était lui ?

– Suffit de te regarder !

– Charlotte, j'ai les jambes en coton.

– Je crois qu'on devrait aller boire un punch : la soirée est loin d'être finie...

Et son intuition lui disait qu'en plus elle ne serait pas anodine.

Deux heures plus tard, Luna avait repris confiance en elle grâce au punch de Roland. Mais elle était frustrée de ne pas avoir pu parler à Guillaume. Rachel avait présenté son neveu à un nombre incalculable de gens et, bien qu'ils aient échangé de nombreux regards, il était clair qu'ils ne feraient pas connaissance tant que la tournée ne serait pas terminée. Par dépit, la jeune femme errait de groupe en groupe, tâchant de ne pas croiser la route de Frémont. Mais celui-ci, alors qu'elle relâchait son attention, finit par l'intercepter.

– J'ai le sentiment que vous m'évitez, déclara-t-il d'emblée.

– Et moi, que vous me surveillez, riposta Luna. Comme si votre regard me suivait tout le temps.

– J'ai simplement du mal à regarder quelqu'un d'autre.

– Vous devriez essayer : ce ne sont pas les jolies femmes qui manquent, ici. À force, ça devient oppressant, je vous assure.

– Les autres femmes m'indiffèrent.

– Ne faites pas l'enfant, Charles. Je vous demande juste de me lâcher un peu.

– Mais nous n'avons même pas parlé de toute la soirée ! protesta-t-il.

– Eh bien, considérez que je n'ai pas envie de discuter. Je vous l'ai dit : ce genre de soirée, c'est pas mon truc.

– Pourquoi êtes-vous agressive ? Ai-je fait le moindre geste ou prononcé le moindre mot qui vous aient importunée ? Je vous trouve bien injuste.

« Tu es là et c'est déjà trop », songea Luna.

– Je vous ai gardé une chaise depuis le début de la soirée, insista Frémont.

– Et vous voudriez que je vienne m'asseoir, c'est ça ?

– Seulement si ça vous fait plaisir. Je ne vous force pas.

– On verra... Plus tard...

– Vous pourriez faire un effort, Luna. Ce n'est pas la reconnaissance qui vous étouffe.

– C'est vous qui êtes étouffant !

Cette fois-ci, ce fut Rudy qui vola au secours de sa mère. Il l'attrapa alors qu'il passait à sa hauteur.

– Viens, maman, tu vas m'aider à choisir ma play-list :

on va bientôt lancer le son !

Sans se faire prier, Luna emboîta le pas à son fils, qui l'entraîna vers la table où il avait installé un baladeur MP3 et sa table de mixage.

– J'ai bien fait de t'arracher à ce chacal, pas vrai ?

– Merci : je ne savais pas trop comment m'en débarrasser.

– Envoie-le bouler !

– Je ne veux pas faire de vagues. Alors, cette play-list, on la choisit ?

– Attends ! C'était juste une astuce pour te sortir des griffes de Frémont !

– Je vois : tu as peur que ta vieille mère te propose l'intégrale des années 1980 !

– Eh, mais j'ai rien contre les années 1980 ! Mais à petites doses...

– C'est bon, j'ai compris : tu n'as pas besoin de moi pour mettre le feu !

Ils se mirent à rire. Mais le visage de Rudy se ferma quand il vit Frémont s'approcher.

– Attention, danger, souffla-t-il à sa mère.

– C'est pas vrai ! Mais il va me lâcher, oui !

Luna déguerpit en direction de Charlotte. Frémont ne venait pourtant pas pour elle, mais pour Rudy.

– Vous permettez que j'intervienne avant la musique ?

Le garçon parut surpris qu'on lui demande une telle autorisation.

– Heu... Oui, bien sûr.

Alors Frémont haussa la voix.

– S'il vous plaît ! Je vous demande une minute ! J'aimerais dire quelques mots !

Luna avait rejoint Charlotte, Vincent et Ninon. Vincent lui claqua une bise chaleureuse, alors que Ninon eut un petit sourire pincé : célibataire depuis que William était parti, elle n'exprimait plus franchement la joie de vivre... Mais l'assistance s'était tue, attendant l'intervention de Frémont. Luna se pencha à l'oreille de Charlotte.

– Je crains le pire, commenta-t-elle.

L'avocat se lança.

– Tout d'abord, je me réjouis que nous nous retrouvions si nombreux à cette fête que j'ai modestement contribué à organiser. Ce n'est pas un secret : je suis né au Mistral, j'y ai grandi, et j'en suis parti. Et ce soir, au fil des échanges passionnants que j'ai eu, j'ai senti que certains d'entre vous se demandaient : « Mais pourquoi revient-il dans un quartier avec lequel il a eu des rapports si difficiles ? » Eh bien, je vais vous le dire : je suis revenu parce que vous, les Mistraliens, m'avez appris quelque chose.

Il s'interrompit quelques secondes. Il sentait qu'il accrochait son auditoire. Charlotte rassura son amie.

– Relax, Luna. Il fait son show de vieil enfant du quartier, il ne parle pas de toi.

– Il n'en parle pas, d'accord ; il a juste son regard vissé sur moi depuis qu'il a démarré son speech.

En effet, sans quitter des yeux la jeune femme, Frémont reprit sa plaidoirie.

– Vous m'avez appris une chose qui, pour moi, avait perdu son sens depuis des années. Ou plutôt, un mot : la solidarité. Vouloir imposer sa volonté aux autres, vouloir les dominer, c'est faire son propre malheur. J'ai compris grâce à vous que vivre ensemble, c'est partager !

La plupart des Mistraliens se regardaient sans trop savoir comment réagir aux propos de l'ancien escroc. Ninon, elle, était excédée.

– Quel embrouilleur ! Et les gens ont l'air de gober ses conneries ! J'y crois pas !

Vincent haussa les épaules : il était d'accord avec sa fille.

Frémont regardait Luna avec plus d'intensité encore.

– Je sais que je n'ai pas été irréprochable. À chacun, j'ai pu exprimer mes regrets. Maintenant que je vis parmi vous, je ne vous demande pas de me pardonner, ni de m'aimer... mais seulement de m'accepter. Je vous demande de me laisser ma chance.

Pour Luna, c'en était trop : des regards de plus en plus nombreux suivaient celui de Frémont et convergeaient vers elle. Brusquement, elle se retourna, décidée à quitter la place au moins jusqu'à la fin de ce discours ridicule. Dans sa volte-face, elle bouscula la personne postée derrière elle et renversa son verre de punch sur sa chemise. La chemise de... Guillaume. Il la regarda avec une pointe d'amusement.

– Décidément, on n'arrête pas de se surprendre.

– Oh ! Désolée !

– Ce n'est rien, vraiment.

Les paroles de Frémont, comme tout le reste, commencèrent à se brouiller et à s'estomper. Guillaume et Luna se fixèrent un bon moment, laissant le tourbillon d'étincelles invisibles qui jaillissaient par tous les pores de leur peau prendre possession d'eux.

Ce fut Luna qui brisa le silence. Elle prit Guillaume par le bras et l'entraîna avec elle.

– Allons... Allons réparer ma bêtise, suggéra-t-elle.

– Je vous suis.

Le camélia qu'elle portait à la boutonnière tomba au sol. Frémont, tout en regardant s'éloigner l'objet de sa passion au bras d'un inconnu, poursuivait son discours.

– Je sais que certains me considèrent comme un monstre et rêveraient de me voir retourner derrière les barreaux. Je puis leur assurer que ne pas être aimé, c'est être encore en prison... Je vous remercie de votre attention. Bonne soirée.

Il concluait sur une note particulièrement grave, et même ses pires détracteurs se surprirent à être émus. Quelques applaudissements se firent entendre, mais Rudy les étouffa en envoyant la musique. Certains commencèrent à se déhancher.

Juliette, les larmes aux yeux, vint embrasser son père.

– C'était magnifique, papa. Je suis sûre que, maintenant, les gens d'ici vont t'adopter.

– La plupart, peut-être..., répondit-il tristement.

En cet instant, que tous les Mistraliens aient pu acclamer Frémont et se jeter dans ses bras n'aurait rien changé : il n'avait pas obtenu le moindre geste affectueux de la part de Luna, et elle avait disparu avec un autre homme. La tristesse et la colère le submergèrent.

– Papa ? Qu'est-ce que tu as ? Tu n'es pas content ?

Inquiète, Juliette le regardait. Frémont décida de donner le change : au moins, qu'il rassure sa fille !

– Ce n'est rien, ma chérie. Mais toi, ne reste pas avec ton vieux père : va avec tes amis, amuse-toi.

– Mais je suis très bien avec toi, tu sais. J'ai toute la soirée pour voir mes copains.

– Alors, tu veux bien aller me chercher un verre ?

Juliette s'éloigna avec le sourire. Frémont la regarda partir et, dans sa ligne de mire, aperçut aussi Luna et l'inconnu qui pénétraient dans le *Bar du Mistral.* Finalement, quoi de plus normal ? Elle allait probablement y chercher quelque chose pour Roland. Elle n'avait pas tort, d'ailleurs : il devait se maîtriser et veiller à ne pas l'étouffer. Sa fille revint avec un verre de vin rouge.

– Le punch est en rupture de stock. Je t'ai pris ça, c'est bon ?

– C'est parfait !

Frémont se sentit un peu plus léger : à tous les coups, Luna était partie préparer un nouveau punch, voilà tout ! Quoique... C'était plutôt le rôle de Mélanie ou de Thomas, non ? Aussitôt, il chassa ses mauvaises pensées, s'efforça de sourire et suivit du regard Juliette qui rejoignait les danseurs au milieu de la place.

Au *Bar du Mistral*, naturellement, il n'était pas question de punch. Luna entraîna Guillaume dans la cuisine et, sans un mot, entreprit de nettoyer sa chemise. Il la regarda faire.

– Je ne suis jamais allé en Argentine, avoua-t-il.

– Et moi, je brûle d'y retourner, répondit Luna.

Le torchon lui échappa des mains. Comme elle se baissait pour le récupérer, Guillaume la retint par le bras et l'attira à lui. Elle n'opposa pas de résistance. Le monde tournait au ralenti...

– Depuis que je vous ai vue, je n'ai pas arrêté de penser à vous.

D'habitude, Luna se moquait de ces déclarations de dragueur à deux ronds. Pourtant, ces paroles lui firent l'effet d'un cadeau : c'était *exactement* ce qu'elle voulait entendre. En guise de réponse, elle plongea dans ce baiser que Guillaume lui offrait.

Quand, dans une vaine tentative de passer inaperçus, ils ressortirent du bar, ils n'avaient aucune idée du temps qu'ils avaient passé à l'intérieur. Leur escapade avait-elle attiré l'attention ? Dès que Luna fut assise à ses côtés, Charlotte se chargea de l'affranchir.

– Vous n'avez pas tout mis en l'air dans le bar de Roland, au moins ?

– Ça se voit tant que ça ? s'inquiéta sa copine en jetant des coups d'œil gênés autour d'elle.

– Tout dépend pour qui. Je pense que les trois quarts des gens sont trop occupés à danser pour remarquer quoi que ce soit. Mais d'autres...

– Frémont, soupira Luna.

– Il a failli aller vous chercher. Heureusement, sa fille l'a retenu. Je pense qu'elle n'avait aucune envie de voir son père faire un esclandre.

– Je n'ose pas le regarder.

– Tu devrais : il vient de se lever. Tiens-toi sur tes gardes.

Luna leva la tête : Frémont, en effet, se tenait debout de l'autre côté de la place du Mistral. Mais il ne vint pas l'importuner. Il ne la regarda même pas. D'un pas lent, accablé, il se dirigea vers le *Select Hôtel*, abandonnant le terrain sans livrer combat. Il s'arrêta un court instant pour regarder un camélia qui traînait par terre – celui-là même qu'il avait offert à Luna et qu'elle avait perdu en partant avec Guillaume.

Frémont considéra la fleur, puis l'écrasa consciencieusement du pied avant de reprendre sa route.

Luna ne put réprimer un frisson.

Le trésor perdu 3

Luna, au petit matin, s'apprêtait à quitter le lit sans un bruit. Mais Guillaume s'éveilla et la retint doucement.

– Tu pars déjà ?

– Je ne voudrais pas arriver au travail à côté de mes pompes. Tu comprends, pour Charlotte...

– Telle que tu me l'as décrite, je doute qu'elle te sermonne.

– Non, bien sûr. Mais je n'ai pas envie de la décevoir, et aujourd'hui on a une grosse journée. Après une nuit presque blanche, j'ai peur de ne pas assurer.

– Tu regrettes ? demanda Guillaume en l'attirant à lui.

– Tu connais la réponse...

Luna fit semblant de résister.

– J'aimerais avoir confirmation : je fais partie des gens qui doutent.

– Moi, non ! s'esclaffa-t-elle.

Elle laissa tomber les vêtements qu'elle venait à peine de ramasser et s'abandonna dans les bras de son amant.

Guillaume prépara le café pendant que Luna se dépêchait de se doucher et de s'habiller. Quand elle sortit de la salle de bains, il lui tendit une tasse qu'elle accepta en silence.

– Je n'ai rien à manger. Mais je peux descendre acheter quelque chose.

– Ça ne fait rien. Je prendrai un truc en route.

Luna considéra l'appartement. Très peu de meubles, d'un style impersonnel. Aucun bibelot. Un ordinateur portable ouvert sur la table du séjour. Elle remarqua aussi le sac de voyage débordant de vêtements – comme à l'hôtel, quand on ne prend pas le temps de ranger ses affaires dans la penderie.

– Tu voyages souvent ? questionna-t-elle.

– Régulièrement.

– Pour ton travail ?

– Entre autres.

– Pardon, je ne voulais pas être indiscrète. Mais ton appartement me fait penser à quelqu'un qui bouge beaucoup.

– C'est bien vu.

Luna comprit qu'elle devrait se contenter de ces réponses laconiques. Il faut dire que, la nuit dernière, ils n'avaient pas beaucoup discuté... Ça ne la gênait pas vraiment, d'ailleurs – sauf qu'elle ne savait pas trop comment amener la question qui lui brûlait les lèvres. Comme s'il lisait dans ses pensées, Guillaume s'en chargea.

– On se revoit... plus tard ?

– Oui, quand tu veux !

– Ce soir, alors.

Luna posa sa tasse et enlaça son amant.

– Tu n'as pas peur de te lasser ? plaisanta-t-elle.

– Au contraire : je suis resté sur ma faim.

Tous deux se regardèrent en silence.

– C'est un peu dingue, ce qui se passe, non ? osa Luna.

– C'est ça qui me plaît.

– Et ça ne te fait pas peur ?

– Non. Et à toi ?

– En général, je souffre plutôt de l'excès inverse : je suis plutôt du genre à foncer tête baissée, y compris dans les pires délires. Sans penser à la casse...

– Ce qui veut dire ?

Guillaume scrutait Luna qui, soudain, arbora un air grave.

– Ça peut te paraître prématuré, mais... je préfère te le dire quand même : côté cœur, je suis une catastrophe. Beaucoup d'hommes ont souffert par ma faute.

– C'est une mise en garde ?

– Je veux juste te prévenir qu'avec moi tu as peut-être plus à perdre qu'à gagner.

Curieusement, il parut amusé par cette remarque.

– Ça, ça m'étonnerait.

– Pourquoi ?

Ce fut au tour de Guillaume de fixer Luna avec gravité.

– J'ai toujours eu une vie... compliquée. J'ai parfois été obligé de partir du jour au lendemain sans laisser de traces. Tu comprends ce que je veux dire ?

Luna voyait. Elle se l'imagina en cambrioleur romantique ou en braqueur de casinos. Comme dans ce film avec George Clooney...

– À vrai dire, poursuivit Guillaume, je ne corresponds pas vraiment à l'idée que l'on peut se faire de l'homme honnête, droit et irréprochable.

– Ces critères sont très relatifs.

– Mais la confiance qu'on peut accorder à quelqu'un, non. Et moi, je fais partie de ces gens à qui il ne faut pas faire confiance.

Luna médita un instant. Sans parvenir le moins du monde à s'inquiéter.

– Encore un peu de café ? proposa Guillaume.

– Non, merci : je file. Je peux te faire confiance au moins d'ici ce soir ? On peut se retrouver ici ? Ou alors, tu auras déjà disparu ?

En guise de réponse, il l'embrassa.

– Tu n'auras qu'à venir vérifier, souffla-t-il.

Avant de franchir la porte, la jeune femme mit en garde son amant.

– Si tu comptes passer quelque temps au Mistral, sois prudent avec Frémont. Il doit être mort de jalousie.

– Et alors ? Hier, il m'a paru bien inoffensif.

– Il a déjà été violent à cause de moi. Très violent.

Guillaume siffla.

– Il est vraiment mordu, alors !

– Complètement, oui. J'irai lui parler mais, en attendant, il vaut vraiment mieux que tu évites tout contact avec lui.

– Si ça peut te rassurer, c'est d'accord. Dès que je l'aperçois à moins de cinquante mètres, je me planque.

Luna approuva d'un sourire et disparut. Guillaume s'empara aussitôt du téléphone et composa un numéro. On décrocha.

– Allô ? C'est Leserman. Vous avez eu des nouvelles de Berlin ?

– Mon correspondant n'a rien trouvé dans les archives de la Kommandantur de Marseille, répondit son interlocuteur. Vous aviez raison : il semble que les Allemands n'aient jamais récupéré ce que nous cherchons.

– Ça se confirme, en effet. Moi, je suis convaincu qu'il n'a jamais bougé d'ici.

– Quelle est votre stratégie ?

– Creuser la piste Tailleroche. Et continuer à faire parler

Rachel Lévy, même si je crois qu'elle ne sait pas grand-chose.

– Tenez-moi au courant. Et ne traînez pas.

– Ce n'est pas mon genre, vous le savez bien.

Guillaume raccrocha et acheva rapidement de s'habiller.

Frémont se sentait effectivement comme un animal blessé. La veille au soir, depuis sa chambre du *Select*, il avait bien vu Luna et Guillaume quitter la fête ensemble ; et, le lendemain matin, en prenant son café au *Bar du Mistral*, il avait aperçu la jeune femme vêtue des mêmes habits qui rejoignait précipitamment l'atelier. Pas besoin de lui faire un tableau ! Contrairement à ce qu'il avait affirmé à Céline, il ne supportait pas l'idée que Luna puisse être avec un autre homme, même pour une nuit. Et, cerise sur le gâteau, son flair lui disait que, dans ce cas précis, il ne s'agirait pas d'une aventure sans lendemain...

Mais son désespoir fut de courte durée. Fidèle à lui-même, il brûlait d'en découdre, et savait par expérience que le succès sourit aux hommes déterminés. Guillaume Leserman n'était pas sans faille : il suffisait de trouver son talon d'Achille.

Rachel, bien involontairement, lui prêta main-forte : en racontant à qui voulait l'entendre que son cher neveu était généalogiste et qu'il travaillait pour des notaires de Bordeaux, elle offrit à Frémont une première piste. L'ancien avocat avait conservé un réseau considérable à travers tout le pays, notamment dans les milieux juridiques. Si certains ne voulaient plus entendre parler de lui depuis qu'il avait fait de la prison, nombreux étaient ceux qui lui étaient redevables d'un service. Frémont s'empressa donc d'appeler quelques connaissances bordelaises pour en apprendre un peu plus sur ce Leserman.

Comme il l'avait dit à son interlocuteur, Guillaume tenta à plusieurs reprises de faire parler sa tante. Sous prétexte de reconstituer son histoire, il la bombarda de questions sur l'arrestation de sa famille, sur les activités de ses parents avant leur déportation, sur leurs amis... Au début, Rachel s'y prêta de bonne grâce – même si elle se contentait souvent de ressasser les mêmes souvenirs. Son neveu se montrait d'ailleurs très attentionné, toujours disposé à l'accompagner au marché ou à l'inviter dans un salon de thé.

– Tes parents ont dû aider les Juifs qui affluaient en zone libre, non ?

– Pourquoi tu me demandes ça ? s'étonna la vieille dame.

– La communauté de Marseille a fait passer beaucoup de Juifs en Afrique du Nord tant que la ville n'était pas occupée par les Allemands.

– Je ne sais pas. En tout cas, je n'ai rien vu.

– Je suppose qu'ils te l'auraient caché, de toute manière. Pour te protéger.

– Peut-être.

Rachel commençait à s'agacer des questions de son neveu. Qu'il cherche à connaître l'histoire de sa famille, quoi de plus normal ? Mais le fait qu'il focalise sur certains détails la mettait mal à l'aise. Elle décelait dans sa curiosité quelque chose de... suspect. Et cette impression lui était insupportable.

– Qu'est devenue l'horlogerie de tes parents, après la guerre ? reprit Guillaume.

– Une librairie.

– Et tu n'as jamais essayé de savoir si les nouveaux propriétaires avaient retrouvé quelque chose dans la boutique ? Des objets de valeur, par exemple ?

– Non, pourquoi ?

Le ton de Rachel devenait hostile, et Guillaume le sentit.

– Je trouve triste qu'il ne reste plus rien de tout ce passé...

– Je te l'ai déjà dit : quand je suis revenue à la maison, tout avait été pillé par la milice, ou par des voisins, ou par des voyous... Peu importe. Au magasin, il ne restait plus rien.

– Et ça a été la même chose pour tous vos amis de l'époque ?

– J'imagine.

Rachel consulta sa montre.

– Il faut que j'y aille, Guillaume. Merci pour le thé.

– Heu... Attends, je te raccompagne.

– Non, ce n'est pas la peine : je vais rendre visite à une amie.

– Alors on se voit plus tard, au Mistral ?

– Si tu veux.

Guillaume embrassa sa tante, qui lui rendit à peine son baiser, puis la regarda partir. Il sentait la méfiance s'installer : elle était sur ses gardes. Décidément, c'était loin d'être gagné.

Un peu plus tard dans la soirée, Roland retrouva Rachel au *Select*, enfoncée dans un fauteuil de la réception, l'air sombre.

– Tu n'es pas encore couchée ? s'inquiéta-t-il. Tu as ta tête des mauvais jours !

– J'ai trop de pensées qui trottent dans ma tête pour avoir envie de dormir.

– C'est pas bon de ruminer comme ça, Rachel.

– Je n'y peux rien. Tous ces souvenirs qui remontent à la surface...

– Mais la vie continue ! Tu viens de retrouver une famille : c'est pas extraordinaire, ça ?

– Je n'en suis pas sûre, justement, soupira Rachel.

– Qu'est-ce que tu veux dire ?

– Je suis déçue par Guillaume. J'ai peur que son apparition soit intéressée.

– Intéressée par quoi ? Sauf ton respect, Rachel, tu n'es pas milliardaire.

– J'ai peur qu'il veuille me faire avouer mon secret.

Au ton de sa vieille amie, Roland comprit qu'elle allait lui révéler quelque chose d'important.

– Tu n'es pas obligée de m'en dire davantage, tu sais.

Mais Rachel avait besoin de parler, et d'être soutenue.

– Mes parents étaient résistants, commença-t-elle. Ils ont aidé pas mal de gens à fuir à l'étranger dès le début de l'Occupation.

– Quel rapport avec Guillaume ?

– Effectivement, ce n'est pas ça qui l'intéresse. En 1942, on a confié à mes parents des objets de grande valeur pour éviter qu'ils ne tombent aux mains des nazis. Ils les ont cachés. Si bien, d'ailleurs, que personne, à ma connaissance, n'a pu remettre la main sur ce trésor.

– Et toi, tu sais où il se trouve ?

– Je n'en ai pas la moindre idée.

– Donc, si Guillaume est venu pour ça, il fait fausse route. Tu devrais peut-être lui en parler pour en avoir le cœur net.

– C'est que... si je voulais, je saurais par où commencer les recherches : mon père me l'avait expliqué. Le secret se trouve dans un certain tableau que nous possédions.

– Et tu l'as toujours, cette toile ?

– Non. Après l'arrestation de mes parents, tout a été pillé. Même les jouets de ma sœur ont été volés.

Roland hocha la tête en silence.

– Mais je crains que Guillaume n'ait qu'une idée en tête : récupérer ce tableau, reprit Rachel.

– Qu'est-ce que tu comptes faire, alors ?

– Je te l'ai dit : je ne sais pas où il se trouve. Peut-être même qu'il a été détruit ! Et ce serait très bien comme ça. Personne ne doit retrouver ce trésor !

Quand Astrid Frémont apprit que Leserman avait cuisiné Juliette et Céline à propos de leur grand-père, elle se mit à paniquer – même si c'est surtout la colère qu'elle laissa paraître. Elle ordonna à ses deux filles de ne plus parler à celui qu'elle qualifiait désormais d'escroc. Les sœurs firent bloc, mais pensaient que la réaction de leur mère était exagérée : quel intérêt y avait-il à fouiller dans la vie de « papy Tailleroche » ? Toutes deux gardaient le souvenir d'un vieux monsieur gentil et sans histoires… Céline s'en ouvrit à son père, lequel jugea qu'il était temps d'avoir une petite explication avec son rival.

Frémont intercepta Guillaume alors qu'il traversait la place du Mistral en direction de l'atelier de Charlotte – probablement pour retrouver Luna.

– J'aimerais parler avec vous, dit-il sans détour.

– Je crains d'être pressé. Un autre jour, peut-être ?

– Vous allez voir Luna, n'est-ce pas ? Elle sera intéressée d'apprendre que vous lui mentez. Tout comme votre tante, d'ailleurs. Enfin, si tant est que vous soyez vraiment le neveu de Rachel Lévy…

Guillaume considéra Frémont. Inutile d'esquiver.

– Allons dans un endroit plus tranquille, proposa-t-il.

Ils s'éloignèrent de la place du Mistral. Frémont abattit son jeu.

– Je sais qu'aucun cabinet notarial de Bordeaux ne vous emploie à l'heure actuelle. En fait, il semblerait même que vous soyez un parfait inconnu auprès de tout ce qui ressemble, de près ou de loin, à un homme de loi.

– Et qu'est-ce que ça prouve ?

– Soit vous êtes un imposteur de A à Z. Soit vous êtes vraiment généalogiste, mais votre baratin est une couverture pour masquer vos intentions réelles.

Les deux hommes se fixèrent en silence. Frémont arborait un petit sourire ironique, heureux d'avoir marqué un point.

– C'est à cause de Luna que nous avons cette conversation, n'est-ce pas ? demanda Guillaume.

– J'aime Luna, en effet. Mais pas comme vous l'imaginez : pour moi, elle est un peu comme ma troisième fille… À ce propos, je me demande pourquoi vous avez interrogé mes enfants au sujet de leur grand-père.

– Luna m'a parlé de vous. Et je dois avouer qu'entre ce qu'elle m'a dit et ce que je devine, je vous trouve... très intéressant.

– Je n'ai pas l'habitude d'entendre ce genre de compliment. Même si je pense sincèrement que je gagne à être connu.

Une certaine complicité s'établissait entre les deux hommes, que Guillaume confirma.

– J'en suis certain. Je dirais même que nous sommes un peu de la même trempe, vous et moi.

– Vraiment ?

Il acquiesça.

– J'ai une proposition à vous faire.

– Je vous écoute.

– Je ne suis pas venu à Marseille pour une investigation patrimoniale. Enfin... pas tout à fait.

– Je m'en doutais.

– Je suis venu pour tenter de récupérer les biens de plusieurs synagogues parisiennes : des objets de culte très précieux et des manuscrits rarissimes du XVIe siècle. Des rabbins les avaient confiés en 1942 à une famille de Marseille : les parents de Rachel Lévy.

– Je vois... Est-elle au courant de cette histoire ?

– Non. Or, ces biens, d'une valeur inestimable, n'ont pas été volés par les Allemands après l'arrestation des parents de ma tante.

Guillaume insista légèrement sur ces deux derniers mots pour bien signifier que, sur ce point au moins, il ne mentait pas.

– Et vous savez qui a mis la main sur ce trésor ?

– Les collabos. Ils ont procédé à l'arrestation, et certainement au pillage. Je cherche dans cette direction.

– Bon courage, alors. Je n'ai jamais entendu un Marseillais se vanter d'un passé de ce genre ! Ici comme ailleurs, ça fait partie des secrets de famille les mieux verrouillés. Sans compter tous ceux qui ont réécrit leur histoire sous un jour plus favorable à la Libération.

– C'est pourquoi j'ai besoin de votre aide.

– Je ne vois pas ce que je...

– Votre beau-père, Jules Tailleroche... Il était collabo.

– Quoi ? Vous en êtes sûr ?

– Absolument certain. Je peux vous montrer des preuves et, si vous allez faire un tour aux archives départementales, vous pourrez le constater par vous-même.

– Ça alors ! Le père Tailleroche, collabo ! Et dire qu'il me serinait que je n'étais pas assez bien pour sa fille !

– J'ai besoin d'informations sur lui : ses fréquentations, ses habitudes, son courrier s'il en a laissé... Il occupait un poste important à la préfecture. S'il s'en est sorti après la guerre, c'est forcément avec la complicité et l'appui de personnes influentes.

– Les Tailleroche étaient des gens importants déjà avant la guerre. Vous pensez que Jules aurait pu mettre la main sur le trésor des Lévy ?

– J'ignore s'il a un lien direct avec les parents de Rachel : je n'ai rien trouvé dans les archives françaises ou allemandes à ce sujet. Peut-être êtes-vous mieux placé que moi pour étudier cette éventualité...

– Admettons. Mais qu'est-ce que j'y gagnerai ?

– Si vous m'aidez à retrouver ce trésor, comme vous dites, je suis prêt à faire cinquante-cinquante.

Frémont médita un court instant, puis se leva.

– Je suis ravi de traiter avec vous, cher Guillaume. Vous êtes un professionnel. Il est normal que vous ayez de si solides références, à Bordeaux et ailleurs, comme je ne manquerai pas de le répéter autour de moi.

– Tout le plaisir est pour moi, répondit Guillaume.

Les deux hommes se serrèrent la main.

Frémont était sincère : il était effectivement enchanté de cette entrevue. Comme à son habitude, il envisageait déjà de faire d'une pierre deux coups. Il aiderait Guillaume Leserman, bien sûr, mais lui seul ramasserait la mise – car il avait bien l'intention, le moment venu, de mettre hors jeu celui qui avait le mauvais goût de s'interposer entre Luna et lui.

Mais, dans un premier temps, il lui fallait vérifier certaines choses.

Il rendit d'abord visite à sa femme, qu'il interrogea sur Jules Tailleroche et sur son rôle durant l'Occupation – notamment à propos de l'arrestation de la famille Lévy. Mais Astrid refusa de parler, puis fit une crise de nerfs. Ce qui, naturellement, ne fit qu'aiguiser sa curiosité. Il se rendit ensuite chez Céline pour consulter les vieux albums de famille qu'elle conservait, et trouva très vite ce qu'il cherchait. Ne restait plus qu'à vérifier auprès de Rachel.

Celle-ci faisait ses mots croisés à la réception du *Select* quand Frémont débarqua. Il arborait un sourire si bizarre qu'elle finit par lever le nez de son journal. Il posa devant elle une photographie.

– Rachel, connaissez-vous cet homme ?

Elle parut surprise par la question, mais baissa les yeux sur la vieille photo et blêmit, étouffant un cri. Son cœur se mit à battre la chamade. Elle venait de reconnaître un fantôme. Un visage qui la hantait depuis le jour maudit où ses parents et sa sœur avaient été jetés dans le fourgon qui les avait menés à la mort. Cet inconnu avait brisé sa vie.

– C'est l'homme qui a arrêté ma famille ! C'est ce monstre ! Comment est-ce possible ? D'où sors-tu cette photo ?

Frémont soupira.

– C'est feu Jules Tailleroche. Mon beau-père, de son vivant.

La révélation du passé scélérat de Jules Tailleroche suscita une onde de choc dramatique au sein de la famille Frémont. Sans tarder, Rachel se rendit auprès d'Astrid, espérant que la fille demanderait pardon au nom du père. Mais madame Frémont, drapée dans son orgueil, l'accusa de vouloir salir la mémoire des Tailleroche et s'entêta dans une défense impossible.

Loin de regretter ses propos, elle tenta même de les justifier auprès de ses filles. Mais celles-ci laissèrent exploser la colère et la honte que provoquait cette détestable révélation, Juliette menaçant même de renier sa famille et son nom. Astrid en appela au souvenir de leur grand-père – un homme si doux avec elles – et essaya de les amadouer en racontant « cette époque difficile où les choses n'étaient pas simples ». Mais comme le fit remarquer Céline, certains grands-parents avaient caché des Juifs tandis que d'autres les avaient envoyés dans les camps de la mort : la ligne de partage était aussi simple que cela.

Rejetée par ses filles, Astrid réalisa avec douleur à quel point l'attitude de son père était indéfendable. Dès lors, elle chercha à la réparer…

Rachel, de son côté, trouvait suspect que la révélation de Frémont ait eu lieu en même temps que l'irruption de Guillaume dans sa vie. Que son neveu soit intéressé par son secret, comme elle le soupçonnait, était déjà une chose pénible à envisager – et si, en plus, il était de mèche avec ce vieil escroc ? Cette possibilité devint pourtant crédible lorsqu'elle reçut un coup de fil d'Astrid Frémont : celle-ci la priait de participer à une rencontre avec les deux hommes.

– C'est très important, insista-t-elle. C'est à propos de ce qui s'est passé entre votre famille et mon père.

Elle ne voulut pas en dire plus. Rachel, bien sûr, ne pouvait refuser.

La réunion eut lieu chez Guillaume. Naturellement, l'ambiance était des plus tendues. Leserman ne devait à aucun prix laisser deviner la nature de ses relations avec Frémont qui, pour une fois, se demandait ce que sa femme pouvait bien avoir en tête.

Astrid arriva, tenant un paquet à la main. Avec beaucoup d'émotion, elle prit la parole.

– Vous m'avez tous les trois interrogée sur le passé de mon père. J'ai longtemps refusé la vérité, mais maintenant... maintenant, je vous demande pardon, madame Lévy.

Les larmes aux yeux, elle regarda Rachel. Frémont ne put s'empêcher d'intervenir.

– C'est donc bien ton père qui est à l'origine de l'arrestation ?

Rachel réagit d'une voix étranglée.

– Je ne pouvais pas me tromper. Il y a des visages qu'on n'oublie jamais.

Mais Astrid n'avait pas terminé sa douloureuse confession.

– Ce n'est pas tout. Mon père n'a pas seulement envoyé des gens à la mort... Il les a dépouillés, aussi.

Frémont et Guillaume échangèrent un regard furtif. Rachel fixait Astrid d'un air horrifié. Celle-ci étouffa un sanglot.

– Je vous jure sur la tête de mes filles que je ne savais pas. Je ne sais pas quoi vous dire... J'ai tellement honte...

– Je vous crois, dit doucement Rachel. Vous n'êtes pas responsable des actes de votre père.

La déclaration apaisa un peu madame Frémont. Elle essuya ses larmes et s'empara du paquet qu'elle avait apporté.

– Je sais que cela n'effacera jamais le mal qui vous a été

fait. Mais j'ai retrouvé quelque chose dans les affaires de mon père. Quelque chose qui vous appartient.

Rachel hésita un moment. Sous le regard curieux de Frémont et de Guillaume, elle finit par défaire l'emballage et mit au jour un tableau ancien qui représentait une vue de Marseille.

Elle fit un immense effort pour ne rien laisser paraître – car il s'agissait, bien entendu, du tableau qui, d'après son père, menait au trésor. Elle jeta un coup d'œil à son neveu, qui considérait la toile avec étonnement. Il n'avait pas l'air de savoir ce qu'il représentait.

Frémont, en revanche, fronçait les sourcils en fixant le tableau. Il paraissait réfléchir à toute vitesse.

Au voleur ! 4

Guillaume était très intrigué par cette toile : c'était le seul bien de la famille Lévy qui avait eu un intérêt aux yeux de Tailleroche. Pourquoi ? Il fallait se pencher sur ce point sans trop tarder – car, de son côté, Frémont allait sans aucun doute creuser la question. Dans l'immédiat, pourtant, il devait mettre entre parenthèses sa quête du trésor et s'occuper d'un problème plus urgent : Nathan, son fils.

Sa relation avec Luna ne diminuait pas d'intensité, bien au contraire. Ils se retrouvaient à la moindre occasion et, dès qu'ils se quittaient, n'avaient qu'une envie : se revoir au plus vite. Mais maintenant que Nathan était sur le point de débarquer, il paraissait évident que les choses allaient changer : le couple devrait désormais se montrer plus discret et plus sage – en référence à la frénésie érotique à laquelle il s'était abandonné depuis le premier soir… Guillaume voulait s'occuper correctement de son fils mais, comme il l'avoua à Luna, il était « mort de trouille ».

– Mon fils va vivre avec moi, et je me sens complètement paumé. Je ne sais pas comment faire, confessa-t-il.

– Agis à l'instinct, conseilla Luna.

– Même à l'instinct, j'ai peur de ne pas savoir. C'est la première fois que nous allons habiter ensemble. Quand sa mère était vivante, on se voyait très peu. Et après, on ne s'est pas vu davantage... Tu vois le tableau.

– Avec Rudy, ça n'a pas été facile non plus. J'essayais de bien faire, mais je tombais tout le temps à côté. Et puis, petit à petit, les choses se sont arrangées : nous avons appris à nous connaître.

– Sauf que Rudy est un garçon posé. Alors que Nathan... Je ne compte pas les fois où les flics me l'ont ramené, en plus des expulsions à répétition du bahut. Ce n'est pas un garçon violent, mais il est complètement instable.

– Il a des circonstances atténuantes : sa mère est morte quand il était petit. On ne se rend jamais compte de la profondeur d'un tel traumatisme. Maintenant, sa planche de salut, c'est toi.

– C'est bien ce qui me ronge : je ne suis pas sûr d'être à la hauteur.

– Tu n'as pas le choix. Et puis, je t'aiderai. Enfin, j'essaierai.

– Merci. Mais attends de faire sa connaissance...

– Il est si terrible que ça, ton fils ?

Guillaume ne répondit pas. Au fond, qu'en savait-il ?

Quelques heures plus tard, son avis sur la question était déjà plus tranché.

Les retrouvailles n'avaient été ni complices ni harmonieuses. Après les questions d'usage (« tu as fait bon voyage ? », « pas trop long, le trajet ? »), auxquelles Nathan avait répondu par des grognements ennuyés, Guillaume avait essayé, faute de mieux, de lui vanter les mérites de Marseille et de sa vie future. Mais l'adolescent lui avait opposé des « trop nul », des « c'est naze » et des « je m'en tape » – avant de couper toute communication en vissant les écouteurs de son baladeur dans ses oreilles.

Guillaume n'avait pas insisté. Arrivé à l'appartement, Nathan considéra les lieux avec indifférence, puis avec un vrai dédain en découvrant sa chambre.

– Il est glauque, cet appart', jugea-t-il.

– Je n'ai pas mieux pour l'instant. Plus tard, on pourra déménager. Mais le quartier est super sympa, et les gens sont adorables.

– Si je leur raconte que je suis passé au tribunal, je parie qu'ils vont être beaucoup moins sympas.

– T'es pas obligé de le crier sur tous les toits. Tes conneries, le juge pour enfants... Ça reste entre nous, d'accord ?

– Pourquoi ? Je te fais honte ?

Guillaume leva les yeux au ciel : il s'exaspérait déjà. Du calme ! Ce n'était pas le moment de sortir de ses gonds. Pas dès le premier jour.

– Mais bien sûr que non ! Écoute, Nathan, je suis heureux qu'on vive ensemble. Vraiment. On va apprendre à mieux se connaître et repartir d'un bon pied.

– Ça va, ne me la joue pas « positive attitude »... Je sais très bien que tu me prends avec toi uniquement pour faire plaisir au juge !

Guillaume allait protester quand on frappa à la porte. Il ouvrit : Rachel. Celle-ci n'accorda aucune attention à son neveu et s'avança vers l'adolescent, le couvant d'un regard curieux et tendre.

– Alors, c'est toi, Nathan ?

– Bonjour..., répondit-il timidement.

– C'est Rachel, ta grand-tante.

Guillaume pria pour que son fils se tienne un peu. Mais le gamin considérait la vieille dame avec un regard ému.

– Tu… Vous… Vous ressemblez à ma grand-mère…

Nathan se tourna vers son père, cherchant confirmation. Rachel approuva et sourit.

– Viens par là… Tu as un regard sensible et intelligent. Je peux t'embrasser ?

Avant que Nathan n'acquiesce, elle le serra dans ses bras.

– Tu es le plus beau cadeau que j'ai reçu de la vie…

Elle se détacha doucement de lui et, d'un geste rapide, essuya ses yeux humides. Nathan paraissait ébahi par ce qu'il venait d'entendre.

– Vous dites ça parce que vous ne me connaissez pas.

– Qu'est-ce que tu veux dire ?

– Que je suis une racaille. Comme lui.

D'un geste, il désigna son père.

– C'est pas drôle, Nathan, intervint Guillaume.

– Sérieux, il vous a pas encore piqué vos économies ?

– Ça suffit !

Mais Rachel ne se démonta pas.

– Ça ne risque pas, je n'en ai pas ! Mais je vais vous laisser vous installer : vous devez avoir des millions de choses à vous dire. À bientôt, Nathan. Et tu peux me tutoyer, tu sais.

Guillaume raccompagna sa tante à la porte et tenta de rattraper le coup.

– Je suis désolé. Nathan a un humour très spécial…

– Les grands humoristes sont les plus lucides, non ?

Rachel abandonna son neveu, décontenancé. Il revint vers son fils : il ne pouvait pas laisser passer ça.

– T'es content ? T'as fait ton petit numéro ?

– C'est bon… Elle n'a pas eu l'air trop choqué !

– Bon, oublions. Viens, on va aller faire un tour : je vais te présenter aux Mistraliens.

– Ça me gave d'aller chez des gens !

– On va juste aller boire un coup au café, histoire de saluer deux ou trois personnes, et après on file à la plage.

Guillaume détecta un sourire très léger. Touché.

– On pourra louer une *board* ? J'ai fait des super progrès : tu vas être scié !

– C'est que... Ici, on ne fait pas de surf... Il n'y a pas de vagues, en fait.

– Quoi ? Je ne pourrai jamais surfer ? C'est vraiment pourri, comme coin !

Nathan s'effondra dans le canapé, accablé. Coulé, pensa Guillaume en soupirant.

Juliette, de son côté, ne parvenait pas à digérer le passé criminel de son grand-père. Elle se sentait salie, en proie au dégoût et à la honte. Lucas essayait tant bien que mal de la consoler, même s'il peinait à trouver les mots capables de l'apaiser. Car sa petite amie n'était disposée à entendre qu'une seule chose : je hais la famille !

– Je les déteste tous. Le grand-père collabo, le père avocat véreux, la mère bourgeoise dépressive, la grande sœur hystérique...

– Aucune famille n'est parfaite, tenta Lucas.

– Oui, mais certaines sont plus dégueulasses que d'autres. Tu te rends compte que mon grand-père était jusqu'à présent la seule image positive que j'avais de ma famille ? Et la vérité, c'est qu'il a envoyé des Juifs à la mort !

– Mais toi, tu n'y es pour rien.

– Tu sors avec la petite-fille d'un criminel, Lucas. Quand tu me regardes, tu n'as aucune arrière-pensée ?

– Je vois quelqu'un qui souffre, et que j'aime.

Les deux jeunes gens s'étreignirent.

– Tu sais pourquoi on m'a appelée Juliette ?

– Non.

– Il y a d'abord eu Julien, mon grand frère. Quand il est mort, ma mère n'a rien trouvé de mieux pour entretenir sa mémoire que de m'appeler Juliette. Et tout ça en hommage à mon grand-père : Jules Tailleroche !

– Juliette, c'est aussi le prénom d'une héroïne. Qui se bat contre sa famille et contre les conventions pour aimer Roméo.

La jeune fille s'abîma dans ses pensées.

– Moi, si j'affronte ma famille, c'est pour échapper à la honte. Je ne veux pas ressembler à ces gens-là ! À partir d'aujourd'hui, c'est terminé : je fais ce que je veux sans tenir compte de leur avis.

– C'est déjà un peu le cas, non ? Et tu n'es pas partie pour leur ressembler.

– Plutôt mourir !

Lucas regarda Juliette avec inquiétude : elle n'avait pas l'air de plaisanter.

À peine entré au *Bar du Mistral*, Guillaume reçut sur son portable un appel de Frémont. Il laissa Nathan s'accouder au comptoir et ressortit. Mélanie considéra l'adolescent avec une curiosité bienveillante.

– Alors c'est toi, le fils de Guillaume ?

– Il paraît, ouais.

Roland se posta devant lui avec un grand sourire.

– Qu'est-ce qui ferait plaisir au jeune homme ? C'est la maison qui offre !

– Un demi, alors. Bien frais !

Le patron fit la moue.

– T'es pas un peu jeune pour t'attaquer à la bière ?

– Vous me demandez ce qui me ferait plaisir : je vous réponds !

– Mais j'ai pas le droit de te servir de l'alcool, mon ami.

Qu'est-ce que tu voudrais d'autre ?

– Une clope, alors ! J'ai pas trouvé de tabac, dans ce bled.

Roland jeta un coup d'œil dehors : Guillaume était toujours au téléphone.

– Je rêve, intervint Mélanie. Une bière, une clope... C'est quoi, ce plan ? T'es à peine sorti du jardin d'enfants et tu veux déjà jouer au dur ?

– Et toi, tu joues à quoi ? À la bombasse ?

La serveuse regarda son patron, interloquée.

– Comment il m'a appelée, ce petit c... ?

Roland lui fit signe de laisser tomber.

– Tu veux peut-être manger quelque chose ? essaya-t-il.

Nathan fit la moue, comme si la question le fatiguait.

– Je sais pas...

Il avisa Charlotte installée à une table, un sandwich posé devant elle. Elle suivait le show du gamin depuis le début mais, quand il la fixa, elle fit mine de regarder par la fenêtre. Évidemment, l'adolescent infernal vit tout de suite la possibilité d'une nouvelle provocation. Il s'approcha de la table, prit le sandwich et, sous le nez de la styliste, mordit dedans à pleines dents.

– Pas mal, ça, lança-t-il à Roland.

– Mais... Ça va pas, non ? protesta Charlotte.

Nathan reposa le sandwich et la regarda avec un air de grand dragueur.

– Moi, si, ça va super. Et toi ? Au fait, c'est quoi, ton numéro de portable ?

À ce moment-là, Guillaume revint enfin dans le bar.

– Inutile que je vous présente mon fils : vous avez fait connaissance, je suppose.

Tous le regardèrent, à la fois interloqués et compatissants. Dans le silence, Nathan demanda :

– Vous êtes toujours aussi coincés, ici, ou c'est juste que vous n'aimez pas les jeunes ?

Les jours suivants ne furent pas de toute tranquillité. Nathan allait au collège de mauvaise grâce – d'autant qu'il ne restait que quinze jours avant les vacances d'été – et continuait à jouer les terreurs au Mistral. Il sembla à Guillaume qu'il épargnait Rachel de ses provocations : c'était déjà ça. Quant à Luna, il ne voulait pas brusquer les choses, et hésitait à dire à son garnement qu'elle était son amie : Dieu seul savait comment il pouvait réagir.

Guillaume réalisa aussi qu'il n'aurait pas dû s'allier à Frémont dans la recherche du trésor. L'ancien avocat se donnait à fond dans cette quête – et avec talent : il avait réussi à retrouver un ami d'enfance de Rachel, Marcel Zakian. Celui-ci avoua être au courant que « des documents » avaient été confiés par des rabbins à la famille Lévy. Rachel et lui avaient surpris plusieurs conversations, et échafaudé tout un tas d'histoires à propos de ce mystérieux « trésor de Dieu », comme ils l'avaient surnommé.

Frémont et Guillaume voulurent donc organiser une rencontre entre Zakian et Rachel, espérant que celle-ci se détendrait et parlerait. Mais elle affirma au contraire ne garder aucun souvenir de cette amitié d'enfance. Naturellement, Frémont n'en croyait pas un mot, comme il l'expliqua à Guillaume sur un ton qui devenait menaçant.

– Votre tante ment sur toute la ligne. Elle a une mémoire d'éléphant : comment peut-elle ne pas se souvenir de son ami d'enfance ? Non, elle nous joue un numéro pour protéger le trésor. Et elle sait très bien que le tableau est une pièce du puzzle.

– Ça fait beaucoup de suppositions, protesta le neveu.

– Mon beau-père était un salaud mais pas un imbécile. S'il a gardé ce tableau volé aux Lévy, ce n'était pas pour décorer son grenier.

– Même s'il avait un rapport avec les manuscrits, qu'est-ce qu'on peut faire ?

– Leserman, ne me prenez pas pour un imbécile ! Vous savez très bien ce qu'il faut faire. Soit vous cuisinez Rachel...

– Ce n'est pas facile : elle se méfie de moi.

– ... soit c'est moi qui m'en occupe. Je trouverai bien un moyen de la faire parler, faites-moi confiance.

Guillaume se raidit.

– Je vous interdis de bousculer ma tante.

– Vous me connaissez mal, mon cher. Personne ne m'interdit quoi que ce soit.

– Si vous lui faites du mal...

– Vous vous méprenez. Je connais Rachel depuis mon enfance : c'est un peu ma vieille tante, à moi aussi. Et puis, je vous rappelle que j'ai été pendant trente ans l'avocat le plus réputé de la ville : je sais faire parler les gens sans recourir à la violence.

Mais Guillaume ne fut pas plus rassuré et réalisa que, pour couper l'herbe sous le pied de Frémont, il n'avait pas d'autre choix : il fallait tout mettre sur le tapis. Il se précipita chez Rachel.

– Je suis venu te dire la vérité sur la raison de ma présence ici, annonça-t-il.

– À la bonne heure !

– Si je te pose toutes ces questions sur ton passé, je t'assure que ce n'est pas pour mon profit personnel. C'est par devoir de mémoire.

– Par devoir de mémoire ?

– Je sais que des manuscrits de grande valeur ont été confiés à tes parents. Je dois les retrouver, s'ils existent encore, et les remettre à un musée, qui les étudiera et les exposera.

– Et quel est ce musée ?

– Tant que cette affaire n'est pas terminée, je n'ai pas le droit de divulguer son nom.

– Donc, tu n'as pas de preuves.

– Tante Rachel, tu dois me faire confiance ! Il faut absolument que je voie ce tableau : s'il contient des indices, ça pourrait m'être très précieux pour retrouver les manuscrits !

– Arrête tes salades, Guillaume. Le tableau est en lieu sûr, et je ne te le montrerai pas.

– Tu dois me croire ! Enfin, Rachel, si ce trésor tombe entre des mains malhonnêtes, ou tout simplement vénales, tu te rends compte du gâchis ?

– Je me rends compte que tu me fatigues. Je suis heureuse de connaître Nathan et, quand tu auras besoin que je m'occupe de lui, ma porte sera toujours ouverte. Mais pour le reste, je ne te demande qu'une chose : me laisser tranquille !

Guillaume n'insista pas : le ton de sa tante était sans appel.

Nathan trouva tout de suite Juliette très sympathique. Les deux jeunes se découvrirent une affinité immédiate : leurs pères n'étaient-ils pas tous les deux des crapules émérites ?

– Mon paternel est un bandit, affirma Nathan. S'il est venu à Marseille, c'est seulement pour dépouiller ma grand-tante.

– Comme escroc, je ne crois pas qu'il fasse mieux que mon père à moi : il est vraiment prêt à tout pour l'argent.

– On parie ?

– Il a exercé comme avocat pendant trente ans alors qu'il n'avait pas le diplôme ! clama Juliette.

– Pas mal. Mais ça veut surtout dire qu'il est bon comédien.

– Sauf qu'il n'a pas défendu la veuve et l'orphelin. Il a racheté des immeubles pour une bouchée de pain, coupé le gaz et l'électricité, muré les fenêtres, laissé tout pourrir... jusqu'à ce que les occupants partent. Ensuite, il a rénové les appartements et les a revendus cinq fois plus cher.

– C'est clair que c'est dégueulasse. Mais mon père, il a

quand même fait plus fort : il a vendu des étoiles.

– C'est quoi, ce délire ?

– C'est sérieux ! Il a embrouillé des dizaines de riches guignols qui ont raqué pour qu'on donne leur nom à une étoile.

– Là, oui, il faut une sacrée tchatche.

– Tu vois ! Et je te raconte pas les meufs qu'il a plumées grâce à sa belle gueule.

– D'accord. On donne la médaille d'argent à ton père. Sans discuter.

– Comment ça ? protesta Nathan.

– Parce que le mien mérite l'or : il a fait interner ma grande sœur en hôpital psychiatrique parce que ça arrangeait ses affaires. Surtout, il a payé un tueur pour se débarrasser de ma mère !

Nathan eut l'air sincèrement impressionné. Il hocha gravement la tête.

– Dans sa catégorie, c'est vraiment un monstre.

– Je t'avais prévenu : le roi des pourris, opina Juliette.

Mais le jeune garçon détestait ne pas avoir le dernier mot.

– Tu as gagné… Mais c'est parce que mon père est beaucoup plus jeune que le tien !

Juliette avait bien raison : son cher paternel était effectivement prêt à tout pour de l'argent. Charles Frémont était aussi un homme moderne, au fait de toutes les innovations de son époque, y compris en matière de stupéfiants. Il prit contact avec le patron d'une boîte de nuit qu'il avait autrefois aidé dans une affaire de permis de construire illicite et qui fournissait ses clients VIP en drogues haut de gamme. Il fit ainsi l'acquisition de GHB – un puissant désinhibant mieux connu sous le nom de « drogue du viol », car il abat les résistances psychiques et physiques de la victime. Le dealer lui confirma l'efficacité du produit.

– Avec ça, votre invitée deviendra aussi docile qu'un agneau.

– Dans son genre, ce serait plutôt une lionne, s'amusa Frémont.

– Même Mike Tyson vous mangerait dans la main. Mais attention : si la dose est trop forte, il y a un risque de coma. Et, si vous avez un pépin, je ne vous connais pas.

– Ne me prenez pas pour un amateur, cracha l'escroc avec mépris.

Le piège fonctionna à merveille. Histoire de « mettre fin aux malentendus », Frémont invita Rachel à dîner dans un restaurant réputé et, au moment du dessert, vida discrètement la drogue dans le verre de la vieille dame. Celle-ci s'était montrée intraitable tout au long du repas, réagissant avec ironie à ses déclarations répétées en faveur de la paix dans le quartier du Mistral. L'avocat proposa alors un toast.

– À cette soirée, signe, je l'espère, d'un nouveau départ.

– Tu rêves, le doucha Rachel. Et puis, inutile de me faire boire pour essayer de me faire parler : je suis capable de tenir tête à un régiment.

– Et pourquoi voudrais-je vous faire parler ?

– Pour me voler mon tableau, pardi ! Mais je vais quand même te dire quelque chose qui va te faire enrager. Je l'ai fait expertiser : il a été estimé à 250 000 euros.

– Félicitations !

– Arrête ton cirque, Frémont. Voilà ce que je veux vraiment te dire : ni mon neveu ni toi, vous ne me prendrez ce tableau. Jamais.

Elle marqua un temps d'arrêt.

– Je me sens bizarre…

– Vous avez mangé trop vite. Vous êtes une gourmande, Rachel.

– À mon âge, où est le mal ?

– Nulle part. Vous avez bien raison d'en profiter.

Rachel se sentit envahie par une douce chaleur au creux de l'estomac ; ses membres étaient relâchés, et son esprit parfaitement détendu lui faisait ressentir la soirée sous un angle nouveau. Elle soupira et, pour la première fois, fit un sourire.

– Il est très bien, ce restaurant. Très classe et très cool, comme disent les jeunes.

« Tu l'as qualifié de bouge pour nouveaux riches il y a une demi-heure à peine », songea Frémont. Le GHB agissait : on allait commencer à rire.

– Je suis ravi qu'il vous plaise. Je tenais beaucoup à ce que vous passiez une bonne soirée en ma compagnie.

– Espèce de galopin, tu fais du charme à une vieille dame ! Après toutes ces années...

– J'ai toujours éprouvé de l'estime et de la tendresse à votre égard. Tous les deux, nous aimons bien jouer à chien et chat, mais nous nous apprécions, pas vrai ?

– Tu m'étonnes, Charlot. Ça ne t'ennuie pas que je t'appelle Charlot, hein ?

– Pas le moins du monde, répondit Frémont, qui détestait ça.

– Eh bien, tu as raison, Charlot : au fond, je te trouve très sympathique.

– Je suis content que nous soyons devenus amis.

– Comme quoi, dans la vie, il ne faut jamais dire « fontaine, je ne boirai pas de ton eau » !

Frémont remplit à nouveau le verre de Rachel. Elle avait le regard vif et un sourire béat. Ils trinquèrent.

– Maintenant qu'on est copains, on peut tout se dire, pas vrai ?

– Bien sûr, Charlot !

– Alors, il est où, ton fameux trésor ?

– Quel trésor ?

– Rachel, tu me mènes en bateau ! Je parle des manuscrits qu'on a confiés à tes parents, voyons.

– Ils sont dans le tableau, évidemment ! C'est pour ça que je l'ai planqué !

– Tu as bien fait. Mais il n'y a plus beaucoup de cachettes parfaitement efficaces, de nos jours.

– La mienne, elle l'est.

– Voyez-vous ça ! S'il s'agit d'une banque, c'est un mauvais calcul.

– Non, c'est pas à la banque.

– Coquine... On trompe bien son monde, hein ?

Rachel fit un sourire complice. Elle était sur le point d'avouer.

– Alors, c'est quoi, ta cachette d'enfer ?

– Tante Rachel ?

Frémont leva les yeux. Guillaume Leserman. La poisse.

– Mirta m'a prévenu que tu dînais ici. Avec ce salopard...

– Charlot ? C'est pas un ange, mais quand même. Et puis, je fais ce que je veux.

Guillaume sentit bien que sa tante n'était pas dans son état normal.

– Qu'est-ce qui t'arrive ? Tu es toute pâle !

Frémont intervint.

– Elle allait très bien jusqu'à ce que vous fassiez irruption. N'est-ce pas, Rachel ?

Comme un automate, elle hocha la tête. Puis elle battit des paupières et tomba de sa chaise, sans connaissance.

Un couple de médecins qui dînait là prit immédiatement soin de la vieille dame. Elle revint à elle, l'esprit hagard mais sans dommage apparent. Soulagé, Guillaume se tourna vers Frémont.

– Qu'est-ce que vous lui avez fait ?

– Je l'ai invitée à dîner : c'est mon seul crime.

– Ne me prenez pas pour un imbécile. On ne s'évanouit pas comme ça.

– C'est bien mal connaître les personnes âgées.

Guillaume s'approcha et regarda l'escroc droit dans les yeux.

– Vous êtes prêt à tout pour la faire parler, n'est-ce pas ? Je vous préviens : si vous l'approchez encore une fois, vous aurez affaire à moi.

– J'en tremble des pieds à la tête, répondit Frémont avec ironie.

C'en était trop.

– Vous vous en prenez encore à elle et je vous flingue ! Vous m'entendez ? Je vous tue de mes propres mains !

Guillaume réalisa – trop tard – qu'il avait haussé le ton : tout le restaurant l'avait entendu proférer ses menaces. Il soupira, accablé, et revint auprès de Rachel. Elle était à nouveau parfaitement consciente, bien qu'encore sonnée. Le médecin se fit rassurant.

– Le pouls et la tension sont normaux. Pas de douleurs, pas d'engourdissement, pas de symptômes d'accident vasculaire... Il s'agit probablement d'un excès de table, couplé à de la fatigue. Par prudence, demandez à son généraliste de l'examiner demain.

– Comptez sur moi, docteur. On y va, tante Rachel ? Je te ramène au *Select*, d'accord ?

– Je te suis, répondit Rachel d'une voix éteinte.

En se levant, elle considéra Frémont avec étonnement, comme surprise de le trouver là.

Le lendemain, le capitaine Castelli fit une petite visite à Leserman. Quelques jours plus tôt, Rachel avait demandé au policier du Mistral, qui habitait aussi au *Select Hôtel*, de se renseigner un peu sur son neveu. Après enquête, Léo lui avait donné une bonne et une mauvaise nouvelle : oui, Guillaume était bien le fils de sa sœur Judith ; mais oui, elle avait raison de se méfier de lui.

– Vous êtes soupçonné de plusieurs arnaques et vous êtes en relation avec Charles Frémont, virtuose de la crapulerie, déclara le flic sans préambule.

– J'ai rencontré ce type deux ou trois fois, c'est vrai, mais c'est tout. Comme vous avez l'air bien renseigné, vous savez sans doute qu'hier soir je ne lui ai pas fait une déclaration d'amitié !

– En effet. Mais je m'interroge quand même sur vos intentions.

– Vous feriez mieux de surveiller ce Frémont.

– C'est déjà le cas. Mais vous, pourquoi êtes-vous venu à Marseille ?

– Pour retrouver ma tante.

– Comme c'est émouvant. Comme par hasard, juste au moment où elle récupère un tableau estimé à 250 000 euros.

– Tant mieux pour elle : elle ne roule pas sur l'or.

– Et tant mieux pour vous, s'il lui arrivait quelque chose.

– Comment pouvez-vous insinuer une chose aussi... ignoble ? Rachel est la sœur de ma mère. Elle lui ressemble. On a le même sang dans les veines !

– Je vais vous avouer le fond de ma pensée. Pour moi, Frémont et vous, c'est bonnet blanc et blanc bonnet. Des escrocs que je préfèrerais voir entre quatre murs.

– Vous perdez votre temps avec moi. Jamais je ne ferais de mal à ma tante.

– J'espère pour vous que vous dites la vérité. Pour employer la formule consacrée, je vous tiens à l'œil, Leserman.

– Je n'en doute pas un instant.

Guillaume attendit quelques instants après le départ de

Castelli puis se précipita à l'atelier de couture. Il fallait qu'il parle à Luna.

– J'arrête tout, annonça-t-il en entrant dans la boutique.

– Tu arrêtes quoi ?

– De rechercher ces manuscrits à la con ! C'est intenable : je n'ai pas le droit de donner le nom de mon employeur, alors on me prend pour un voleur !

– Moi, je te crois.

– Tu es bien la seule. En plus, maintenant, j'ai un flic aux fesses.

– Tu veux parler de Léo Castelli ?

– Tu le connais ?

– Il fait son boulot. C'est un mec réglo.

– Peut-être. Mais j'en ai quand même ras le bol.

Luna approuva avec douceur. Elle comprenait ce que ressentait Guillaume. Quand il lui avait parlé de sa mission pour un musée anonyme, elle s'était doutée qu'il allait s'attirer la suspicion des Mistraliens.

– Si je repartais à l'étranger... tu me suivrais ? souffla-t-il.

– Et Nathan ? Il deviendrait quoi ?

– Il refuserait de m'accompagner. Il me déteste !

– Tu te trompes. Il attend que tu lui accordes ta confiance. Et ce n'est pas en partant au bout du monde que tu vas y arriver.

– J'ai toujours été incapable de m'en occuper comme il faut... Autant arrêter les frais.

– Tu es son père ! Tu ne peux pas laisser tomber sans avoir vraiment essayé ! Tu veux te décharger de tes responsabilités sur une famille d'accueil, c'est ça ? Mais c'est de la lâcheté !

Guillaume secoua la tête, abattu.

– Je serais incapable de le confier à des inconnus. Comme tu le dis, c'est mon fils. Ce n'est pas un cadeau, mais je l'aime.

Luna s'approcha de son amant et le serra dans ses bras.

– Je sais bien. Moi, tu sais, je ne pourrais pas rester avec un homme qui aurait abandonné son enfant.

– Pourquoi on ne partirait pas tous les trois, alors ? En Argentine, par exemple, pour tenter une nouvelle vie !

Guillaume parut soudainement enjoué. Mais Luna fit la moue.

– Ce n'est pas si simple. J'ai un fils, moi aussi, et un travail, des engagements...

– Mais, au fond, tu n'as pas envie de partir ?

La jeune femme demeura songeuse un court instant, et ne répondit pas.

– Et Rachel ? Tu as pensé à ta tante ?

– Elle ne m'apprécie pas vraiment.

– Ce n'est pas une raison pour la laisser seule face à Frémont, tu ne crois pas ?

Il soupira. C'était une évidence.

– Tu as raison. Je me suis un peu emballé... Mais cette histoire, c'est beaucoup de pression...

– Je suis à tes côtés. Mais tu ne peux pas agir tout le temps dans le secret, en franc-tireur. Tu n'arriveras à rien tout seul. Si tu veux neutraliser Frémont tout en respectant ton contrat, il te faudra de l'aide.

Guillaume hocha la tête.

– Tu as pris une pilule de sagesse, ce matin ?

– C'est qu'à force de fréquenter un voyou, on devient soi-même plus sage ! Sinon, il n'y en aurait pas un pour rattraper l'autre !

Ils rirent. Luna était magique. Et, en plus, elle avait raison.

De son côté, Rachel ruminait la soirée de la veille – ou plutôt ce qu'on lui en avait dit.

– C'est quand même dingue : je sais que j'étais avec Frémont. En même temps, je n'ai aucun souvenir de ce qui s'est passé.

Mirta ne pouvait qu'abonder dans son sens.

– Quand votre neveu vous a ramenée ici, vous étiez vraiment très bizarre : vous m'avez parlé en sachant parfaitement qui j'étais, mais comme si vous ne me connaissiez pas.

– J'ai tout oublié de mon retour. C'est Léo qui m'a dit que Guillaume m'avait raccompagnée.

– Et qu'est-ce qu'il en pense, Léo ?

– Que je dois me méfier de Frémont et de mon neveu : il les soupçonne de vouloir me piquer mon tableau. Je n'avais pas besoin de la police pour arriver à ces conclusions !

Mirta hocha la tête.

– À propos de ce tableau... Si ça ne vous embête pas, je... je préfèrerais que vous le déposiez à la banque.

Rachel considéra la patronne du *Select* avec une pointe de moquerie.

– Pourquoi ? Il prend trop de place dans ton coffre ?

– Non, mais... avec tout ce qui se passe, je crois que c'est plus prudent.

– Allez, donne-moi le tableau, va ! Je vais le mettre dans ma chambre pour cette nuit, et demain je l'emmènerai à la banque. Mais c'est pas possible d'être froussarde à ce point !

– C'est pas à un jour près, protesta Mirta, vexée.

– Sors-le, je te dis ! Sinon, tu ne vas pas en dormir de la nuit, je vois ça d'ici !

Mirta savait qu'il était inutile de discuter. Elle ouvrit donc le coffre et, aussitôt, poussa un cri.

Le tableau avait disparu.

Disparition 5

Une fois la plainte pour vol enregistrée, Castelli interrogea Leserman. Guillaume, encore une fois, nia tout intérêt pour le tableau et parut très contrarié par sa disparition. Il est vrai que, d'après Rachel, seuls Mirta et Roland connaissaient la cachette de la toile – ce qui innocentait son neveu, suspect numéro deux dans la tête de Léo. Le premier était Charles Frémont, bien entendu, qui habitait le *Select Hôtel* et avait très bien pu manipuler Rachel lors de ce dîner controversé. Seulement, Frémont avait disparu... Après l'incident du restaurant, il n'était pas rentré à l'hôtel. Ses affaires étaient toujours dans sa chambre – mais personne ne l'avait revu, ni au *Select*, ni dans tout le quartier du Mistral.

Céline, loin de croire à la culpabilité de son père, se persuada au contraire qu'il lui était arrivé quelque chose. Ce fut le sujet d'une dispute avec son compagnon Malik Nasri, qui était aussi l'avocat de la famille.

– Je suis certaine que Guillaume Leserman et Luna Torres ont quelque chose à voir avec la disparition de papa. Mais, comme d'habitude, on me prend pour une folle : chez les Frémont, c'est bien connu, le père est un voleur et sa fille une mythomane ! Même toi, tu ne me prends pas au sérieux.

Malik tenta de calmer son amie.

– Luna a du tempérament, mais de là à s'attaquer à ton père... Et puis, on n'accuse pas les gens sans preuve.

– Évidemment, personne ne va se donner la peine de chercher dans cette direction ! En tout cas, moi, je ne vais pas rester les bras ballants à attendre qu'on retrouve le cadavre de mon père dans un terrain vague !

– Céline... Il a probablement découché et toi, tu imagines déjà le pire.

– Nous, les psychopathes, nous avons un sixième sens. Tu ne le savais pas ?

Malik soupira. Bien sûr, il aimait Céline, mais elle était parfois exaspérante.

– Et qu'est-ce que tu comptes faire, au juste ? demanda-t-il avec une pointe d'inquiétude.

– Ça ne te regarde plus.

Il frissonna. Céline avait une idée derrière la tête : il était inutile de s'interposer. Pourvu que Frémont réapparaisse rapidement ! Sans compter qu'il était encore sous contrôle judiciaire : c'était bien le moment de disparaître ! Non, vraiment, être l'avocat d'un homme pareil, ce n'était pas un cadeau...

La disparition conjuguée de Frémont et du tableau eut pour effet de réhabiliter Guillaume aux yeux de Rachel : elle avait décidé de lui accorder le bénéfice du doute. Surtout, elle venait de réaliser que, si Frémont avait vraiment pris une longueur d'avance, il risquait de faire main basse sur les manuscrits. L'idée lui était insupportable : cela revenait à trahir la mémoire de son père.

– Papa m'avait juste dit que le tableau menait à l'endroit où étaient cachés les manuscrits, expliqua-t-elle à son neveu.

– C'est tout ? Ton père n'a jamais évoqué un nom, un lieu, un détail ?

– Je n'en sais pas plus. Je suis navrée.

– De toute manière, même s'il y avait un indice caché dans le cadre ou sous la peinture, sans le tableau, c'est fichu. On n'a pas grand-chose pour avancer. Et le temps joue en faveur de Frémont.

Ils regardaient une vieille photographie du père de Rachel, prise dans le salon de leur maison, la toile accrochée sur le mur du fond.

– Je vais faire agrandir la photo, décida Guillaume. Ensuite, il faudrait identifier très vite l'endroit que représente le tableau.

– Je ne suis pas experte en architecture, soupira Rachel. Et, depuis le XVIIe siècle, Marseille a bien changé.

Guillaume, lui, songeait à ce que lui avait dit Luna : « Tu n'y arriveras pas seul. » Une idée germa dans sa tête.

– Tante Rachel, quelles sont tes relations avec l'ami de Charlotte, tu sais...

– Vincent Chaumette, l'architecte, compléta-t-elle.

En prononçant ces mots, elle comprit tout de suite ce que suggérait son neveu.

– Allons le voir sans tarder : il devrait pouvoir nous aider, trancha-t-elle.

Pendant ce temps, Juliette retrouvait Nathan sur la place du Mistral. Elle s'assit à ses côtés dans les escaliers, tandis que l'adolescent feuilletait distraitement un magazine de rap qu'il venait d'« emprunter » dans un kiosque à journaux.

– Là, je crois que j'ai définitivement gagné, commença-t-elle avec tristesse.

– Gagné quoi ?

– Mon père a volé le tableau de ta grand-tante avant de partir en cavale, c'est évident. C'est bien le plus pourri...

– C'est pas dit.

– Arrête : la police a interrogé ma sœur et a lancé un mandat d'arrêt ! Même Malik, le copain de Céline, a du mal à croire mon père innocent. Alors qu'il est son avocat...

– Ça prouve rien. C'est mon père, le coupable. Je le sais.

– Ah ouais ? Et comment tu sais ça, toi ? Tu l'as vu voler le tableau ? Et, dans la foulée, il aurait pas zigouillé mon père, comme le dit ma frangine ?

– Va savoir.

Nathan haussa les épaules, à la fois indifférent et sûr de lui. Juliette secoua la tête, agacée.

– À t'entendre, si un train déraille en Inde ou si une météorite tombe sur Paris, ce sera la faute de ton père ! Tu crois pas que tu délires un peu ?

– Si je délire, lâche-moi ! s'énerva le gosse. De toute façon, c'est débile, cette compétition entre ton père et le mien ! J'en n'ai rien à foutre !

Il se leva et abandonna sa copine. Elle s'en voulait, naturellement, mais s'étonnait aussi du ton convaincu de l'adolescent. Et si tous deux avaient raison ? Si leurs pères étaient de mèche pour dépouiller la pauvre Rachel ? À bien y réfléchir, tout ça tenait debout, non ?

Vincent Chaumette accepta bien volontiers de travailler avec Guillaume – davantage par excitation intellectuelle que pour les gains, modestes, qu'il pouvait espérer. L'agrandissement de la photo en main, il émit une première hypothèse.

– Vu le style de la maison, au premier plan du tableau, et la configuration du terrain environnant, je dirais qu'on est dans le quartier du Prado, ou aux alentours. Regardez la route qui passe derrière la maison, et les calanques… Qu'en pensez-vous, Rachel ?

– C'est vaste, le Prado. Il y a des villas partout, des hôtels particuliers, des consulats, des cabinets de professions libérales… À l'époque du tableau, ce n'était qu'un faubourg de Marseille : imaginez les changements ! On va chercher une aiguille dans une botte de foin !

– Le quartier s'est urbanisé, la morphologie a changé, c'est certain, convint l'architecte. Mais la maison que nous voyons là est cossue. Plus un bâtiment est riche, moins il risque d'avoir été détruit.

– C'est une piste qui vaut la peine d'être explorée, admit Guillaume.

– Et si on partait en reconnaissance ? proposa Luna.

– C'est la seule chose à faire, en effet, renchérit Vincent. Vous allez venir avec moi, dit-il à Rachel. Peut-être vos parents vous ont-ils amenée là-bas : un premier souvenir pourrait en déclencher un autre.

Rachel acquiesça.

– Allons-y tout de suite. Ne laissons pas Frémont nous prendre de vitesse.

Nathan tournait en rond chez lui, une fois de plus livré à lui-même, quand on frappa à la porte. Il ouvrit : Céline Frémont lui souriait comme s'ils étaient de vieux copains.

– Salut ! Ton père est là ?

– Non. C'est pourquoi ?

– Je viens chercher… une paire de boucles d'oreille. Je crois que je les ai oubliées ici.

– Je vois : du genre sous l'oreiller…

– Peut-être. Tu ne les aurais pas retrouvées ?

– J'ai une tête à faire le ménage ?

– Non. Moi aussi, je déteste ça.

Nathan regardait Céline d'un air frondeur. « Autant y aller franco », pensa-t-elle.

– Tu permets que je jette un coup d'œil ?

– Ouais… Mais traînez pas trop dans le secteur : si Luna déboule et qu'elle vous chope dans la chambre de mon père, il y aura du sang sur les murs !

Céline fit semblant d'être surprise.

– Luna ?

– C'est la meuf de mon père. Côté sentiments, elle est un peu pitbull.

L'adolescent se dirigea vers sa chambre.

– Quand vous partirez, claquez la porte !

Avant que Céline puisse répondre, il avait fermé la sienne. Sans perdre de temps, elle commença à fouiller le salon avec méthode.

L'exploration du quartier du Prado ne donna guère de résultats convaincants. Rachel n'eut aucun souvenir particulier, même si plusieurs maisons ressemblaient à celle du tableau. Vincent et Guillaume s'installèrent à la terrasse d'un café pour faire le point, tandis que Luna raccompagnait Rachel, fatiguée par cette virée pédestre sous la chaleur du début de l'été.

– Je suis sûr que nous sommes dans le bon quartier, affirma Vincent. Quand on regarde tout autour, la morphologie et la couleur des lieux rappellent vraiment le tableau.

– Peut-être. Mais entre le premier Prado, le deuxième Prado, le boulevard Michelet, ça fait des kilomètres… Et on ne peut pas tout le temps traîner ma tante : elle fatigue.

– Il n'y a qu'une chose à faire : arpenter les rues, et, chaque fois qu'on voit un endroit qui rappelle la toile, on prend une photo. On les montrera à Rachel au fur et à mesure.

– Et si on trouve le secteur que représente le tableau, qu'est-ce qu'on fait ? On se lance dans du porte-à-porte et on demande aux gens si, par hasard, ils ne sont pas tombés sur de vieux manuscrits en binant leur jardin ?

– C'est une méthode, s'amusa l'architecte.

Mais il savait que Guillaume avait raison. Ils cherchaient un pâté de maisons parmi des centaines d'autres – et ensuite ? Rien ne disait que les manuscrits étaient cachés dans une maison en particulier. Et quand bien même, laquelle ? Ils ne pourraient entrer chez les gens pour tout fouiller ! Guillaume tira Vincent de ses pensées.

– Vous, si vous deviez cacher quelque chose, où iriez-vous le planquer ?

– Je ne sais pas. Un faux plafond ? Un arbre creux ?

– Moi, je choisirais un lieu qui ne risquerait pas de disparaître, un endroit qui ne serait pas soumis aux aléas des résidents successifs.

– Vous avez raison ! s'exclama Vincent. Il faut chercher du côté des sous-sols ! Les égouts condamnés, les carrières abandonnées, les catacombes murées... Là où personne ne risque de mettre son nez !

Il se leva.

– Demain, j'irai au cadastre. En attendant, commençons notre reportage photo. Vous prenez les numéros pairs ou impairs du boulevard ?

– Les impairs : je suis assez doué en la matière !

Quand Nathan ressortit de sa chambre, il fut stupéfait de constater que Céline traînait encore dans l'appartement. Le jour déclinait. Elle était en train de fouiller un placard dans l'entrée. D'un coup d'œil, l'adolescent comprit qu'elle avait déjà inspecté la chambre de son père et tout le salon. Cette fille-là n'était pas venue pour une paire de boucles...

– Qu'est-ce que vous faites encore ici ?

– Tu vois bien : je cherche.

– Vos boucles d'oreille ? Elles ne risquent pas d'être dans ce placard !

Céline se tourna vers le gamin et adopta un ton détaché.

– Du calme. Je pensais qu'il les avait peut-être rangées...

Mais Nathan s'avançait, l'air menaçant.

– Il n'a rien rangé du tout. Et maintenant, vous dégagez !

– Dis donc, toi, retourne jouer dans ta chambre !

Elle reprit sa fouille du placard. Excédé, Nathan ouvrit la porte d'entrée.

– Eh, la pétasse ! Je t'ai dit de te tirer !

Pile à ce moment, Céline tira de sous une pile de draps... le tableau de Rachel. Elle le brandit, triomphante. Nathan en resta interloqué.

– C'est quoi, ce bordel ?

Guillaume venait d'apparaître sur le seuil et observait la scène sans comprendre.

– Cette nana m'a raconté des conneries pour pouvoir fouiller partout !

Céline désigna le tableau d'un air mauvais.

– Et j'ai bien fait, n'est-ce pas ?

– Qu'est-ce que ça veut dire ? balbutia Guillaume. Qu'est-ce que vous faites avec le tableau de ma tante entre les mains ?

– Arrêtez votre cirque ! Je tiens la preuve que vous avez assassiné mon père : c'est fini pour vous, Leserman !

Nathan jeta un regard paniqué sur son père.

Céline avait tort et raison à la fois. Léo avait dû lui expliquer vingt fois que la présence du tableau chez Leserman ne prouvait pas qu'il avait tué Frémont. Il n'en restait pas moins qu'il devenait le principal suspect concernant le vol – d'autant que sa ligne de défense était plutôt légère.

– Je ne comprends pas comment cette toile a atterri chez moi, répétait-il. Quelqu'un, probablement Frémont, l'a cachée dans ce placard pour me faire porter le chapeau !

– Je crains que, pour le tribunal, il ne s'agisse plutôt d'un flagrant délit, rétorqua Léo.

Épaulé par Rachel et Luna, Nathan, lui, était accablé.

– Et moi, qu'est-ce que je deviens, dans tout ça ? Mon père me fait venir dans cette ville pourrie et, à peine arrivé, il se fait serrer par les flics ! C'est nul !

– Ce n'est pas lui qui a volé le tableau, affirma Luna avec force.

– Et comment il est arrivé chez nous, alors ? Par télé-portation ? ironisa l'adolescent.

– On l'a planqué ici pour l'accuser : c'est évident !

– Qui ça, « on » ? La blonde ? Cette salope m'a em-brouillé pour pouvoir envoyer mon père en taule !

– Céline est avant tout une Frémont, approuva Luna.

– Je n'ai plus qu'à retourner à Bordeaux, maintenant, soupira Nathan.

Rachel, jusque-là silencieuse, regarda tendrement son petit-neveu.

– Je vais vous aider, ton père et toi. Si vous repartez, j'aurais une impression de gâchis.

– Tu m'étonnes, répondit Nathan. Mais comment tu pourrais nous aider ?

– Ce que j'ai fait, je peux le défaire, dit-elle mys-térieusement.

Et Rachel retira sa plainte. Elle prétendit avoir caché le tableau chez son neveu sans que celui-ci le sache, considérant qu'il n'était plus en sécurité dans le coffre du *Select*. Mais après son malaise au restaurant, elle avait oublié...

– Vous me prenez vraiment pour un crétin, râla Léo.

– Mais pas du tout ! Quand tu auras mon âge, tu verras que les troubles de la mémoire, c'est très handicapant !

– Donc, je vais libérer votre neveu, dont vous m'avez dit vous méfier. C'est bien ça ?

– Évidemment, puisqu'il ne m'a pas volé le tableau !

– J'espère que vous savez à quoi vous jouez, conclut le flic.

Devant le commissariat, Rachel sermonna Guillaume.

– J'ai fait tout ça pour Nathan : le petit a déjà assez souffert. Sa mère est morte ; si, en plus, il se retrouvait avec son père en prison ! Je ne me fais plus beaucoup d'illusions à ton sujet, mais tu as un enfant : il est temps que tu te montres à la hauteur.

– Crois bien que j'essaie, tante Rachel.

– Pas assez, visiblement. Voilà : en échange de ma fausse déclaration, je te demande une chose. Que tu t'occupes de ton fils. Mais vraiment, cette fois-ci.

Le lendemain matin, au petit-déjeuner, Céline, qui lisait le journal, poussa un cri.

– Oh non ! C'est pas vrai !

– Qu'est-ce qui se passe ? demanda Malik.

– On a retrouvé le corps à moitié calciné d'un homme d'une cinquantaine d'années dans un terrain vague près du Mistral.

Juliette comprit tout de suite ce que sous-entendait sa sœur.

– Céline, n'en rajoute pas ! Si, à chaque fois que tu lis un truc comme ça, tu penses à papa, on ne s'en sortira pas !

– Juliette a raison, approuva Malik.

– Mais écoutez-moi ! Papa disparaît, on retrouve un corps qui lui ressemble, et vous me dites que c'est une coïncidence ! Mais c'est lui, je le sens !

Céline tremblait. Son compagnon tenta de la raisonner.

– Si ce cadavre était celui de ton père, Léo Castelli serait déjà ici...

– Tu rêves ! Il déteste papa : à l'heure qu'il est, il doit jubiler !

Malik jeta un coup d'œil à Juliette, comme pour solliciter son aide.

– Moi, j'ai l'intuition qu'il ne lui est rien arrivé de grave, déclara la jeune fille.

– Ah bon ? Et d'après ta lumineuse intuition, il est où ? ironisa Céline.

– Je n'en sais rien ! Disons qu'il s'est mis dans de sales draps et qu'il a intérêt à se faire discret.

– Tu es comme les flics : pour toi, papa est forcément coupable. Ça m'écœure.

– D'accord. Je ne vais pas t'imposer des nausées supplémentaires, alors.

Juliette reposa bruyamment sa tasse de café et partit en claquant la porte. Céline fusilla Malik du regard.

– J'ai rien dit, moi ! se défendit-il.

– Justement, c'est ça qui est grave, soupira Céline.

« Il est temps que le père Frémont réapparaisse », pensa Malik. Sa compagne n'allait pas tarder à le rendre fou !

Au même moment, à l'autre bout de Marseille, Luna et Guillaume lisaient le même article.

– Tu imagines, si c'était Charles ? commenta Luna.

– Bon débarras : je n'irais pas pleurer sur sa tombe.

– Guillaume !

– Ce type est un enfoiré de première classe. S'il disparaissait de la circulation, je ne crois pas qu'il ferait beaucoup pleurer à Marseille.

– Peut-être, mais il a des enfants : je me mets à leur place.

– Écoute, on parle pour ne rien dire : ce cadavre n'a certainement aucun rapport avec lui. Je vois mal Frémont se faire dessouder par un rôdeur, comme ça, sur un terrain vague.

Luna considéra son ami d'un œil sévère.

– Je n'aime pas quand tu parles comme ça. C'est comme si tu n'avais pas de sentiments.

– Pour Frémont, non, en effet.

– Je vais te poser une question, et ce sera la seule fois. Est-ce que tu l'as tué ?

– Luna ! Comment peux-tu me demander une chose pareille ?

– C'est normal que je veuille savoir, tu ne crois pas ?

– D'accord, je n'ai pas un passé très reluisant, et j'ai parfois dépassé les bornes. Mais de là à assassiner quelqu'un !

Guillaume fixa Luna gravement.

– Je ne suis pas un meurtrier.

La jeune femme approuva en silence et serra son compagnon dans ses bras.

– Pardon. Je sais que ma question était ridicule. Mais je préfère te l'entendre dire une bonne fois pour toutes. Si on s'en prenait à toi, je te défendrais jusqu'au bout.

– Tu dois avoir confiance en moi. Toi, au moins, souffla Guillaume.

Il passa sa journée à arpenter le quartier du Prado et à photographier les rues et les maisons ressemblant au tableau. Il en oublia cette histoire de cadavre et pensa surtout à son fils. Rachel avait raison, et plutôt deux fois qu'une : il devait redoubler d'efforts et ne pas baisser les bras, même si c'était difficile. Il fallait vaille que vaille gagner la confiance et le respect de Nathan.

Guillaume rentra chez lui en fin de journée. Vincent vint le rejoindre et, tandis qu'il transférait les photos de l'après-midi dans l'ordinateur, Nathan et Rachel débarquèrent.

– Je suis un peu en retard, s'excusa cette dernière, mais le goûter a duré longtemps : Nathan avait une faim d'ogre !

Guillaume réalisa qu'il ne s'était jamais préoccupé des goûters de son fils. Il faudrait y remédier très rapidement.

– Ça va, mon grand ? essaya-t-il.

– Mouais...

Vincent fit un clin d'œil à l'adolescent, qui en retour hocha légèrement la tête. Tous les deux s'étaient déjà croisés au Mistral, avec une indifférence réciproque.

– Qu'est-ce que vous faites ? demanda le gamin.

Son père ne savait trop comment répondre.

– Eh bien... On travaille sur Marseille avant la guerre... Sur son architecture...

– C'est marrant, constata Nathan en regardant les photos. Parfois, ça ressemble au tableau de tante Rachel.

– Bien vu, acquiesça Vincent. En fait, on aimerait savoir ce qu'il représente.

– Des maisons ! reprit l'autre sur le ton de l'évidence.

– Bien sûr, mais nous voulons savoir si elles existent toujours, intervint Rachel.

Ces explications suffirent largement à Nathan, qui se désintéressa de l'affaire et s'enferma dans sa chambre. Les adultes purent parler librement.

– Tante Rachel, on va faire défiler les images, commença Guillaume. Dès que tu vois quelque chose qui évoque un souvenir, tu nous arrêtes.

– D'accord. Mais n'ayez pas une confiance aveugle en ma mémoire...

Vincent lança le diaporama. Rachel en observa une petite dizaine sans piper mot, puis pointa son doigt vers l'écran.

– Cette rue, là... On allait souvent par là-bas quand j'étais petite. Ce n'est pas loin du parc Borély. Mais, à part ces promenades, je ne me souviens de rien d'autre.

– C'est toujours une piste, encouragea l'architecte.

Les autres images n'évoquèrent rien à la vieille dame.

Entre-temps, Luna était arrivée et avait assisté à la fin de la projection.

– Qu'est-ce qu'on fait, maintenant ? demanda-t-elle.

– Je vais éplucher les plans du cadastre pour repérer les modifications subies par cette rue depuis la guerre, annonça Vincent.

– De mon côté, je vais voir s'il y a des gens de cette époque qui habitent encore là-bas, proposa Guillaume.

– Il ne doit plus en rester beaucoup, fit remarquer Rachel.

– On ne sait jamais.

On frappa à la porte. Plusieurs coups fermes. Guillaume parut surpris.

– Je me demande qui ça peut être.

Il alla ouvrir : le capitaine Castelli, flanqué de son adjoint le lieutenant Barrel, affichait sa tête des mauvais jours.

– Guillaume Leserman, déclara-t-il, je vais vous demander de nous suivre au commissariat pour un interrogatoire.

– Oh non, vous n'allez pas recommencer ! Qu'est-ce que vous voulez encore ? Que ma tante répète ce qu'elle vous a déjà dit ? Ça tombe bien : elle est ici.

Rachel secoua la tête avec ironie.

– C'est vrai que vous faites bien du zèle pour un tableau qui n'a même pas été volé !

– Ça ne concerne pas votre tableau, Rachel, répondit Léo d'une voix sombre.

Un frisson parcourut Luna. Elle demanda d'une voix mal assurée :

– Si ce n'est pas à propos du tableau, de quoi... de quoi s'agit-il ?

– Du meurtre de Charles Frémont.

La main dans le sac 6

Castelli et Barrel résumèrent la situation à Leserman : l'analyse ADN du cadavre défiguré et calciné désignait Charles Frémont. Le médecin légiste datait la mort de quatre jours plus tôt, dans la soirée. La question était donc simple...

– Que faisiez-vous le 16 juin au soir ? demanda Léo.

Le suspect réfléchit quelques instants.

– Je suis allé me promener sur le Vieux-Port.

– Accompagné ? questionna Nicolas.

– Non. Compte tenu du bazar qu'est ma vie en ce moment, j'avais besoin d'être seul. Je suis allé regarder les bateaux.

– Et personne n'a été témoin de votre... méditation ?

– Je n'en sais rien. Je n'ai parlé à personne, en tout cas.

Les deux policiers échangèrent un regard ennuyé. Guillaume s'en aperçut.

– Désolé de ne pas avoir un alibi en béton. La prochaine fois, je ferai un scandale sur la voie publique.

– C'est pas le moment de faire de l'humour, Leserman, trancha Léo. L'autre soir, au restaurant, vous avez menacé Charles Frémont...

– Ma tante venait de faire un malaise, j'ai cru qu'il l'avait empoisonnée et j'ai parlé sous le coup de la colère ! Mais je n'ai rien à voir avec ce meurtre !

– Si on additionne cette embrouille à propos du tableau avec vos menaces de mort, reconnaissez que vous êtes à la première place des suspects.

– Mais le suspect idéal n'est pas forcément le vrai coupable. Vous avez assez d'expérience pour le savoir.

– J'ai aussi suffisamment d'expérience pour savoir qu'on peut tuer sans être un véritable assassin. Je connaissais Frémont sur le bout des doigts : le parfait salopard. Il a très bien pu vous agresser...

– Mais pourquoi l'aurait-il fait ?

– D'après moi, vous avez tous les deux volé le tableau de Rachel. Puis il n'a plus voulu partager : ce serait tout à fait son genre. Vous vous engueulez, le ton monte, vous vous bagarrez... et l'accident se produit. Si vous invoquez la légitime défense, je doute qu'on mette en cause cette version des faits. Avec un bon avocat, vous êtes sûr de limiter la casse.

– Mais je n'avouerai pas un crime que je n'ai pas commis !

– Si vous vous entêtez, vous risquez d'en prendre pour vingt ans ! Pensez à votre gamin, bon Dieu !

– Je suis innocent, répéta Guillaume.

Léo abandonna, excédé.

– C'est le juge qu'il faudra persuader. Et, croyez-moi, vous ne partez pas gagnant, reprit Nicolas. Léo a raison : pensez à votre fils...

Guillaume ne faisait que ça depuis son arrivée au commissariat. Mais il semblait parfaitement inutile de le dire aux deux policiers.

Entre Guillaume Leserman (Virgile Bayle) et Luna Torres (Anne Décis),
c'est le coup de foudre.
Charles Frémont (Alexandre Fabre) les laissera-t-il s'aimer ?

Pour Luna, Charlotte Le Bihac (Hélène Médigue) est une amie sans faille.

Juliette Frémont (Juliette Chêne)

Nathan Leserman (Thibault Vaneck)

Ces deux-là vont très vite devenir complices.

Rachel Lévy (Colette Renard) dîne en tête-à-tête avec Frémont : voilà qui inquiète Roland Marci (Michel Cordes), le patron du *Mistral*

Une vieille photo va faire remonter de terribles souvenirs.

Mélanie Rinatto (Laetitia Milot) admire le tableau de Rachel.

Léo Castelli (Pierre Martot) a-t-il raison de se méfier de Leserman ?

La visite au parloir : un moment difficile.

Le lieutenant Nicolas Barrel (Nicolas Herman), l'adjoint de Castelli.

Éva Cabestany (Valérie Leboutte) est une séduisante archiviste.

Céline Frémont (Rebecca Hampton) et son compagnon Malik Nasri (Sofiane Belmouden), qui est aussi l'avocat de la famille.

Vincent Chaumette (Serge Dupire) se lance à corps perdu dans la quête du trésor.

De quel mal Éva souffre-t-elle ?

Ce soir, les esprits vont faire tourner les tables.

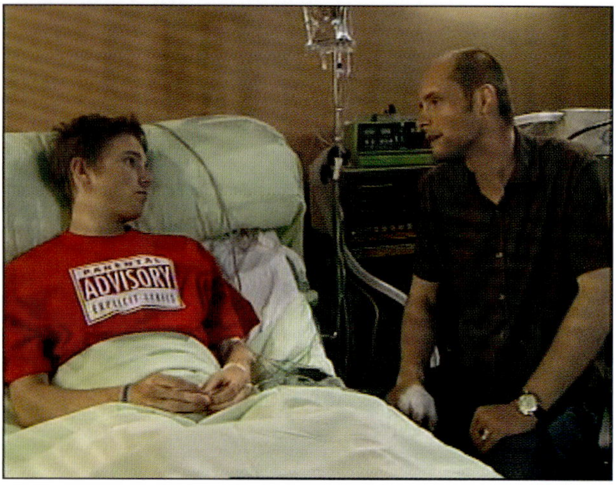

À l'hôpital, de longues heures d'incertitude.

Quel secret Juliette détient-elle ?

Au *Bar du Mistral*, la nouvelle de l'assassinat de Frémont fit l'effet d'un coup de tonnerre. Mirta venait de dévaliser le kiosque et parcourait les journaux pour voir si les articles mentionnaient Luna. Roland, lui, s'interrogeait sur la violence inouïe du crime.

– Je ne le portais pas dans mon cœur, Frémont. Mais tout de même, défiguré et brûlé... Celui qui a fait ça est un véritable sauvage.

– Ils ne parlent pas de Luna, annonça Mirta en refermant son dernier quotidien.

– Heureusement, parce que les journalistes, on ne sait jamais ce qu'ils vont écrire.

Thomas intervint.

– Ils n'ont pas grand-chose à se mettre sous la dent. Nicolas m'a dit qu'ils faisaient le black-out total avec la presse.

Roland regarda son fils d'un air interrogateur.

– Le silence, si tu préfères, reprit Thomas.

– L'omerta, quoi ! Tu peux pas parler français, comme tout le monde ? grogna le père. Et ton copain, il t'a dit ce que ça donnait, l'interrogatoire de Guillaume ?

L'autre haussa les épaules.

– Non. Même si on vit ensemble, il est très discret sur tout ce qui concerne son travail.

– Moi, c'est pour Luna que je m'angoisse, dit Mirta.

– Mais Guillaume Leserman n'est pas coupable, déclara Vincent Chaumette qui, jusqu'à présent, sirotait son café en silence.

– Qu'en savez-vous ? rétorqua la patronne du *Select*.

– Je travaille avec lui en ce moment. C'est peut-être un aventurier un peu *borderline*, mais pas un assassin.

Roland fronçait à nouveau les sourcils.

– *Borderline :* qui flirte avec l'illégalité, souffla Thomas.

– Limite voyou, j'avais compris, se défendit son père.

– Il s'agit forcément d'une vengeance, ajouta Mélanie. Vu le nombre d'ennemis qu'avait Frémont...

– Même sa femme le hait, renchérit Mirta.

– Astrid ? Ce n'est pas le genre à se salir les mains en liquidant son mari, même par l'intermédiaire d'un tueur à gages, affirma Vincent, catégorique. En fait, je me demande... si Frémont est vraiment mort.

– Mais on a retrouvé son corps ! protesta Roland.

– On a retrouvé un cadavre méconnaissable.

– Et le test ADN, vous en faites quoi ? insista Mélanie.

– C'est vrai. Mais on a déjà vu par le passé des criminels mettant en scène leur propre mort d'une manière incroyablement sophistiquée.

Tout le monde réfléchit à cette hypothèse, jusqu'à l'entrée de François Marci.

– Vous parliez de la mort de Frémont ? demanda-t-il.

– On s'interroge sur l'assassin, oui, admit Roland.

– Moi, j'ai une théorie, déclara-t-il gravement.

Tous les regards se tournèrent vers lui. François était capable d'échafauder les raisonnements les plus étonnants – et, cette fois-ci encore, il ne déçut pas.

– Je vous rappelle, commença-t-il, que l'on n'a jamais retrouvé le corps du docteur Livia.

Tout le monde comprit ce qu'il voulait dire. Bruno Livia, le redoutable corbeau et tueur en série qui avait terrorisé le quartier du Mistral quelques mois plus tôt, avait été dénoncé par Charles Frémont... Pour échapper à la police, il avait préféré se suicider et s'était jeté du haut d'une falaise. Et la mer, effectivement, n'avait jamais rendu son corps.

– Frémont a trahi Livia, poursuivit François. Alors il s'est vengé. C'est lui qui a le meilleur mobile, non ? Je compte justement en parler à la police...

Mais tous le fixèrent d'un œil dissuasif. Il toussota.

– Hum... Bon... Je ne vais peut-être pas aller voir les flics tout de suite. J'ai du travail par-dessus la tête. Ça peut bien attendre...

Luna et Rachel, quant à elles, s'inquiétaient autant du sort de Guillaume que de celui de Nathan. Elles tournaient en rond dans l'appartement, attendant que l'adolescent rentre du collège. Luna raccrocha le téléphone avec une mine dépitée.

– Ce n'est pas possible ! se lamenta-t-elle. Léo refuse que je voie Guillaume !

– C'est normal : il est en garde à vue, rappela Rachel.

– Mais il est innocent. C'est ridicule !

– Je crains que tu ne sois la seule à être aussi catégorique.

– Mais toi, Rachel, qu'est-ce que tu crois ?

– Moi, je crois que Guillaume est dans un sale pétrin. Et je souhaite de tout mon cœur qu'il soit innocent. Autant pour lui que pour Nathan.

– Pauvre gamin...

– Même si, au bout du compte, Guillaume s'en sort, il suffit que le juge le mette en détention provisoire pour que Nathan soit placé en foyer.

– Ils ne feront pas ça ! protesta Luna. Il a toujours ses grands-parents à Bordeaux.

– Mais ils sont très âgés, très fatigués. J'ai parlé avec eux, tu sais. Ils aiment beaucoup leur petit-fils, mais ils ne se sentent pas capables de le prendre en charge. Il ne lui reste plus que moi, soupira Rachel.

– Je ne suis pas sûre que ce soit très facile pour toi d'élever un adolescent... Surtout aussi difficile que Nathan.

– Tu vois une autre solution ?

Luna réfléchit. Sa relation avec Nathan n'était pas très profonde mais, au moins, ils n'étaient pas en guerre. Au départ, le gamin avait manifesté une hostilité sourde envers « la meuf » de son père. Puis, assez vite, ils avaient signé un pacte de non-agression. La jeune femme prenait soin de ne jamais intervenir dans les rapports tumultueux entre le père et le fils, et s'attirait ainsi le respect du gamin.

– Si jamais... on mettait Guillaume en prison, je viendrais m'installer ici, décida-t-elle. Et on s'occuperait de Nathan toutes les deux.

Rachel médita la proposition.

– Oui, c'est la meilleure solution. En espérant que le petit accepte...

La clé tourna dans la serrure, et Nathan apparut. Au regard que lui jetèrent les deux femmes, il comprit que son père n'était toujours pas rentré.

– Des nouvelles ?

– On l'interroge toujours, dit doucement Luna.

– Il est mal barré, hein ?

Puisque Nathan était lucide, autant lui parler tout de suite de son avenir proche.

– En effet, se lança Rachel. Il n'est pas impossible que ton père soit retenu un moment par la justice...

– Tu veux dire qu'il va aller en zonzon ? Ça ne m'étonne pas : les flics ne vont pas lui faire de cadeau.

« Bon, allons-y franchement », décida Luna. Sans détour, elle exposa la situation. Nathan écouta avec attention.

– C'est vrai que t'es nulle question bouffe ? demanda-t-il après un temps de réflexion.

Luna fut surprise : elle ne s'attendait pas à une telle question.

– C'est pas terrible, c'est vrai, mais... ce sera toujours meilleur que la bouffe d'un foyer.

– Ça, t'auras pas de mal, répondit l'adolescent.

C'était sa manière de lui signifier qu'il était d'accord pour qu'elle s'installe chez lui.

Réunies – brièvement – par le choc et la douleur d'avoir perdu leur père, Juliette et Céline furent ensuite assaillies de sentiments opposés. Juliette, même si cela lui paraissait invraisemblable, ressentait une forme de doute : elle se gardait bien de le crier sur les toits, mais elle avait du mal à croire que son père était mort – comme si, de temps à autre, son sixième sens lui disait le contraire. Elle s'efforçait de ne pas trop s'écouter, persuadée que ce déni était une réaction passagère, une étape nécessaire dans son travail de deuil.

Céline, elle, ne tarda pas à transformer sa douleur en une volonté de vengeance virulente, presque obsessionnelle. Elle était certaine que Luna était la complice de Guillaume, lequel était non pas suspect, mais bel et bien coupable. Elle harcelait son compagnon et sa sœur pour qu'ils contribuent à ce que « justice se fasse », comme elle le répétait sans cesse. Dans cette croisade, tous les moyens étaient bons.

– Tu veux que j'espionne Luna ? C'est bien ce que tu me demandes ?

Juliette était abasourdie.

– Elle ment comme elle respire. Et les flics gobent son cinéma comme des débutants. De nous trois, c'est toi qui es la plus proche d'elle : tu es la mieux placée pour récolter des informations, expliqua calmement Céline.

– Mais ça veut dire quoi ? Je vais chez elle et, dès qu'elle a le dos tourné, je fouille dans son sac à main ?

– Je t'en prie, Juliette, ne fais pas ta naïve...

– Ou alors, je cuisine Rudy, des fois qu'il serait lui aussi complice, comme sa mère ?

– Je n'ai pas dit ça.

– Ça me rassure : ça veut dire que tu n'es pas encore complètement folle !

– Mais, effectivement, il sait peut-être des choses utiles.

– Je rêve ! Et Rachel ?

– Cette vieille bique détestait papa. Elle fera tout pour couvrir son neveu !

– Mais tu te crois dans un roman policier ? Pour un peu, tout le Mistal serait complice ! C'est n'importe quoi ! Je ne marche pas dans ton délire !

– Tout ce que je veux, c'est que l'assassin soit puni. Et tu dois m'aider !

– Les gens que tu accuses sont mes amis. Je ne les trahirai pas.

– Et que fais-tu de l'honneur de notre famille ?

– Un mélange de collabos, d'escrocs et de barjos ! Tu parles d'un honneur !

– Mais atterris ! Papa est mort ! Mort, tu m'entends !

– Te venger ne le ramènera pas ! Tout ça, c'est ton problème ! Moi, je m'en fous !

Juliette claqua violemment la porte. « Très bien », songea Céline. « S'il le faut, je me battrai seule contre tous. Et on verra bien qui aura le dernier mot. »

Juliette courut vers le Mistral pour se réfugier auprès de Lucas. En cours de route, elle aperçut Nathan. Inquiet, il regarda son amie, se demandant quelle allait être son attitude. Elle s'approcha avec un sourire triste.

– Salut, Nathan.

– Tiens, tu me parles ? T'es pas rancunière, comme nana !

– Tu n'es pour rien dans ce qui s'est passé. Et, jusqu'à preuve du contraire, ton père est présumé innocent.

– Parles-en au juge : il l'a placé en taule ce matin.

– Je suis désolée.

Ils restèrent un moment sans rien dire. Nathan traçait des cercles invisibles avec son pied.

– On est tous les deux dans la galère, soupira Juliette. Moi, je n'arrive pas à croire que mon père est mort. C'est comme s'il était immortel.

– Mon père à moi me gonflait grave jusqu'à maintenant. Mais maintenant, je n'ai qu'une envie : aller le voir et le serrer dans mes bras, avoua Nathan.

– Au moins, tu as cette chance...

– Même pas : pour l'instant, on me refuse le droit de visite. Mais c'est vrai qu'il est vivant... De toute façon, je ne suis même pas sûr que j'arriverais à lui parler si je pouvais le voir.

– Conseil d'amie : dis-lui ce que tu as sur le cœur. À force d'attendre, ça finit par être trop tard.

Nathan resta silencieux. C'est bien ce qui le hantait depuis quelques heures : le sentiment d'avoir raté son histoire avec son père.

Malgré la mise en détention de Guillaume, Vincent n'avait pas dévié du plan qu'il s'était fixé. Il avait étudié les registres du cadastre et appela Rachel pour lui faire part d'« une découverte troublante ». Sans tarder, ils se retrouvèrent au *Select*. L'architecte déploya divers plans et schémas topographiques.

– Je me suis intéressé à l'ancien réseau d'égouts du Prado, notamment autour du secteur qui vous rappelait des souvenirs.

– Et vous avez trouvé un indice, si j'ai bien compris.

– Je ne sais pas si c'est le bon mot. Pour bien faire, j'avais besoin d'une actualisation de ces plans, une mise à jour qui date de 1954. Or, il se trouve que le document concernant ce secteur a disparu. En fait, il a été volé...

– Ça arrive souvent ? Je veux dire, ça a de la valeur, ce genre de chose ?

– Strictement aucune.

– Quelle malchance, soupira Rachel.

– Je ne crois pas que ce soit dû au hasard. Le document a été volé ces derniers jours. Quelqu'un cherche la même chose que nous. Et j'ai bien peur qu'il nous ait pris de vitesse.

– Mais c'est impossible ! Personne ne sait que mon tableau est lié au trésor, à part Guillaume, Luna, vous et moi !

– Vous oubliez Frémont.

– Il est mort !

– D'après le responsable du cadastre, le vol n'a pas pu être commis avant le 14 juin. Frémont a été assassiné le 16 au soir.

– Ça veut dire qu'il a pu suivre cette piste pendant ces deux jours ?

– Oui, et aussi qu'il a été diablement rapide pour en arriver là. Ce qui ne manque pas de me surprendre.

– Sauf s'il était entouré de complices compétents. Nous vous avons bien, vous.

– Merci pour le compliment, Rachel. Mais ça me perturbe quand même.

– Vous ne croyez pas à la mort de Frémont, c'est ça ?

Vincent éluda la question.

– Ce que je crois, c'est que nous avons un temps de retard. Si cette piste est bien celle qui mène aux manuscrits, on risque fort de se faire doubler.

– Si on les vole, je ne me le pardonnerai jamais, s'angoissa Rachel.

Vincent ne trouva rien à dire pour la rassurer.

Léo rentra le plus tard possible à l'hôtel : il n'avait aucune envie de croiser Rachel, qui ne manquerait pas de lui poser des questions, voire de l'agresser, au sujet de son neveu. Il était désolé pour elle et pour Luna, mais il n'y était pour rien si les choses prenaient cette tournure ! Pourtant, il ne parvenait pas à être catégorique sur la culpabilité de Guillaume. Après l'avoir cuisiné pendant des heures, il était persuadé que le jeune escroc n'avait pas le profil d'un assassin capable de tuer de sang-froid. Leserman n'avait probablement pas prémédité son coup ; de toute évidence, il s'agissait d'une embrouille qui avait mal tourné. Et Léo, qui était prêt à soutenir la thèse de la légitime défense, ne comprenait pas l'obstination de Guillaume à clamer son innocence.

Le policier ouvrit prudemment la porte du *Select*. Personne. Il soupira de soulagement quand une voix le fit sursauter.

– Léo ?

C'était Mirta. Il afficha tout de suite un visage fermé.

– Bonsoir. Je peux avoir ma clé, s'il te plaît ?

– Tu m'as l'air soucieux, commenta la patronne de l'hôtel.

– Il y a de quoi. Cette enquête ne me met pas dans une situation confortable.

– Je comprends. Tu sais, Luna a réclamé un droit de visite. C'est important qu'elle puisse voir Guillaume. Tu crois que… ?

Léo avait déjà compris.

– J'en parlerai au juge. Du point de vue de l'enquête, il n'y a pas de raison de refuser.

– Merci.

– Mais elle ferait mieux de prendre ses distances. Je crains qu'il ne soit pas près de sortir de prison.

– Tu crois qu'il est coupable ?

– Je n'ai pas envie d'en parler.

– Je comprends.

Léo s'apprêtait à monter dans sa chambre quand Mirta lui tendit une lettre.

– Tiens, ton courrier.

Léo saisit l'enveloppe et l'ouvrit en réprimant un bâillement. Mais sa bouche se tordit en un rictus de stupeur quand il découvrit le message, composé avec des caractères découpés dans des journaux.

« Le serpent est revenu d'entre les morts pour faire taire celui qui l'a trahi. »

Le corbeau était de retour.

Le lendemain, arrivé de bonne heure au commissariat, Léo conclut rapidement que la lettre anonyme était soit un canular, soit une manœuvre grossière pour innocenter Leserman. Non seulement la police avait la conviction que le docteur Livia était bel et bien mort, mais en plus la missive n'était qu'une imitation maladroite de ses messages. Par ailleurs, Fabienne Duval, une journaliste de *La Dépêche marseillaise*, avait reçu le même courrier, ce qui ne cadrait pas avec les pratiques du corbeau. Pour Léo, les deux principales suspectes étaient, bien sûr, Rachel et Luna – même s'il avait du mal à les imaginer recourir à un stratagème aussi puéril. Il les interrogea pour la forme, mais ne parvint guère à avancer dans son enquête.

– Cette histoire de lettres anonymes est vraiment déprimante, confia-t-il à Nicolas. Si Leserman avouait son crime, ça ferait du bien à tout le monde. J'aime bien Luna, et je n'ai pas envie de la voir souffrir pendant des mois.

– C'est mal barré, répondit son adjoint. Son jules ne sortira pas de prison jusqu'à son procès, sauf rebondissement dans l'enquête, bien sûr.

– Elle en a déjà assez bavé dans la vie : elle mérite mieux...

Nicolas savait que, des années plus tôt, le vieux flic avait aidé Luna à décrocher de la drogue. Lui aussi aimait bien cette fille. Mais quelle idée de s'enticher d'un voyou !

En route pour l'atelier, Luna réfléchissait elle aussi à ce nouvel épisode quand elle se fit aborder. L'homme portait de grosses lunettes de soleil et la capuche de son sweat-shirt était relevée, comme s'il ne voulait pas qu'on le détaille de trop près.

– Luna Torres ?

Elle toisa l'individu. Elle n'était pas peureuse, mais elle avait appris à se tenir sur ses gardes.

– Qu'est-ce que vous voulez ? demanda-t-elle prudemment.

– Si vous êtes Luna, j'ai un message de la part de

Guillaume, répondit l'autre. Sinon, laissez tomber.

L'inconnu esquissa un retrait.

– Attendez ! Je suis Luna Torres. Comment connaissez-vous Guillaume ? Qui êtes-vous ?

– Mon nom n'a pas d'importance. Je sors des Baumettes. On a fait connaissance pendant les promenades.

– Comment va-t-il ?

– Il déprime, comme tous les nouveaux. Mais il tient le coup.

Luna fut soulagée. Sans tarder, l'ancien taulard sortit une clé de sa poche et l'agita sous le nez de la jeune femme.

– Votre copain a un petit service à vous demander. Vous devez récupérer quelque chose dans le coffre d'une bagnole. Quelque chose d'important pour lui.

– D'accord. Elle est où, cette voiture ?

– Minute ! Je prends des risques en jouant les intermédiaires. Il vous demande de me donner deux cents euros en échange de mon travail.

– Deux cent euros ! Mais je n'ai pas cette somme sur moi !

– On n'est pas à une seconde près. La voiture sera garée dans un sous-sol du parking de la gare Saint-Charles, demain à partir de minuit. Pour avoir l'emplacement exact et les clés, vous devez d'abord faire un petit détour par un distributeur... Je ne prends que du liquide, vous imaginez bien.

Luna réfléchit à toute vitesse. Oui, ça tenait la route.

– Mais qu'est-ce qu'il y a dans cette voiture ? Vous le savez ?

– Pas la moindre idée. Votre fiancé m'a juste dit que vous sauriez en faire bon usage.

Elle acquiesça.

– Bon, attendez-moi ici. Il y a un distributeur au coin de la rue...

Plus tard, Luna raconta l'incident à Charlotte, qui aussitôt la mit en garde.

– Tu ne devrais pas y aller. Ce sera peut-être dangereux.

– Guillaume ne me ferait pas courir de risque, la rassura Luna.

– Et qu'est-ce que tu vas faire après ?

– J'imagine qu'il s'agit de documents, ou quelque chose dans le genre, qui l'innocentent.

– Dans ce cas, pourquoi n'envoie-t-il pas les flics ?

– Parce qu'il se méfie d'eux ! Et je le comprends.

Mais Luna se dit quand même que l'argument de Charlotte n'était pas sans fondement. Celle-ci, d'ailleurs, persista.

– Et si, au contraire, il s'agit de preuves contre lui ? Qu'est-ce que tu feras ? Tu les détruiras ?

– Charlotte, je ferai tout pour qu'il sorte de taule.

– Même s'il est coupable ?

– Mais il est innocent ! Et je l'aime : quand on aime, on ne se pose pas toutes ces questions. Toi-même, tu as accepté que Vincent épouse Céline quand il infiltrait le cabinet Frémont.

– C'est vrai que j'ai pris le parti de le croire, alors que tout le monde le prenait pour un pourri.

– Et tu as eu raison.

– Mais pour toi, c'est un peu différent, insista Charlotte. Il s'agit d'un meurtre. Guillaume débarque de nulle part, tu le connais à peine ! Est-ce que le jeu en vaut vraiment la chandelle ?

– J'aime Guillaume. Donc, la réponse est oui.

Charlotte hocha la tête. Elle n'avait rien à dire contre une telle déclaration.

– Pourtant, j'ai peur aussi, bien sûr, avoua son amie.

– Alors n'y va pas. Tu n'as pas à jouer les héroïnes si tu ne le sens pas.

– Ce n'est pas ça. J'ai peur de ce que je pourrais découvrir. Je ne voudrais pas... apprendre des choses sur Guillaume qui mettraient fin à notre histoire.

– Écoute ton cœur, conseilla Charlotte. C'est lui qui te guidera.

Luna soupira. Si c'était aussi simple...

Céline paraissait s'être calmée. À vrai dire, songea Juliette, elle semblait même de bonne humeur – ce qui n'était peut-être pas si surprenant, compte tenu de son caractère excessif et déroutant...

– Tu as vu comme il fait beau aujourd'hui ? s'enthousiasmait-elle, prête à partir au bureau.

Juliette émergeait d'une nuit agitée. Elle avait rêvé que son père assistait à ses propres obsèques, à côté de ses filles, et qu'il s'amusait beaucoup de cette situation.

– Mouais...

– Il faut savoir s'appuyer sur les bonheurs quotidiens, jouir de l'instant...

– Tu donnes dans la philosophie de magazines féminins, maintenant ? ironisa Juliette.

– Ne sois pas boudeuse de bon matin, petite sœur.

– C'est marrant. D'où me vient cette impression que l'on a inversé les rôles, ce matin ? Hier, tu étais folle de rage contre le monde entier, et là, à te voir, on en oublierait presque que papa est mort.

– Justement : je ne veux pas me laisser abattre. J'ai des raisons de croire en l'avenir.

– Ah bon ? C'est bien !

– Juliette, ne fais pas cette tête ! Tu es une Frémont : on finit toujours par faire face dans la famille, non ?

– Si tu le dis...

Cette proclamation d'optimisme sonnait faux. Juliette se

dit que sa grande sœur avait dû commencer un traitement thérapeutique et que les anxiolytiques faisaient leur œuvre. Tant mieux. Elle préférait la voir divaguer à cause des médicaments que déverser son fiel à longueur de journée.

– Je file au bureau. Il reste du café, et je t'ai préparé des tartines et une orange pressée.

– Merci.

Ce traitement avait du bon, décidément ! Céline se saisit de son sac à main et d'une mallette que Juliette reconnut immédiatement.

– Tiens, tu as récupéré l'attaché-case de papa ?

– Heu... oui. Comme ça, j'ai l'impression qu'il est encore présent, répondit Céline d'un air pincé. Tu le voulais pour toi ?

– Non, non, pas de problème.

Elle espérait juste que sa sœur ne sombrerait pas dans un fétichisme morbide. Puis elle se servit une tasse de café fumant et chassa la famille de ses pensées.

Léo était en train de ramasser ses affaires et s'apprêtait à quitter son bureau quand le téléphone sonna.

– Castelli, j'écoute.

– J'ai une information sur le meurtre de Charles Frémont, annonça une voix complètement déformée.

« Encore un mystère », pensa le flic.

– Quel est votre nom ? demanda-t-il sans conviction.

– Cette nuit, allez au troisième sous-sol du parking de la gare Saint-Charles. Le complice de Leserman viendra chercher dans le coffre d'une voiture un document qui prouve sa culpabilité.

– D'où tenez-vous cette information ?

Seule une tonalité intermittente lui répondit. On avait raccroché, évidemment. Léo soupira. Une planque dans le parking d'une gare... Tu parles d'un job !

Luna croisa les derniers voyageurs qui quittaient la gare et évita les paumés qui zonaient aux abords du bâtiment. Elle se faufila vers le parking. Elle avait hésité, mais son cœur, pour reprendre les mots de Charlotte, lui avait dicté la marche à suivre : s'il existait une seule chance d'innocenter Guillaume, elle ne devait pas la laisser passer.

Elle descendit jusqu'au troisième sous-sol, ouvrit prudemment la porte d'accès et balaya le lieu du regard. Personne. Une musique instrumentale sans âme jouait en sourdine. Luna remonta une allée en quête de la voiture que lui avait désignée l'ancien taulard. « Pourquoi fait-on toujours un boucan d'enfer quand on marche dans un parking, même en baskets ? », se demandait-elle.

Elle trouva la voiture, inspira un grand coup et fit tourner la clé dans la serrure du coffre. Il contenait un attaché-case. Elle s'en empara et referma le coffre. Elle sentit alors une main se poser sur son épaule, et son cœur s'arrêta de battre.

– Luna ?

Elle reconnut la voix familière. Léo.

– Qu'est-ce que... Qu'est-ce que tu fais là ? balbutia-t-elle.

– Et toi, Luna ? Qu'est-ce que tu fais avec la mallette de Charles Frémont ?

La jeune femme baissa les yeux. Sur l'attaché-case étaient gravées deux initiales : « C. F. »

D'entre les morts 7

Au commissariat, Luna se réfugia dans un silence prostré. Léo se montra d'abord conciliant – lui rappelant, au nom de leur vieille amitié, qu'elle pouvait lui faire confiance. Mais la jeune femme se contenta de fixer le sol sans prononcer un mot, comme si le flic n'existait pas. Il finit par se mettre en colère, la menaça et lui fit bien comprendre qu'elle risquait d'être accusée de complicité de meurtre. Tout ce qu'elle gagnerait, ce serait quelques années de prison – tout ça pour les beaux yeux de Guillaume. Mais Luna ne réagissait toujours pas. Elle versa une larme, prit un air plus accablé encore, mais ne desserra pas les lèvres. Le policier se rendit à l'évidence : une seule personne pouvait la convaincre de parler.

Après une courte nuit dans une cellule étroite, Luna fut à nouveau emmenée dans le bureau de Castelli. Il lui désigna une chaise et l'observa quelques instants en silence. Puis la porte s'ouvrit, et le lieutenant Barrel s'avança, suivi de Guillaume.

Luna voulut se précipiter dans ses bras, mais Léo l'en dissuada.

– Reste assise ! ordonna-t-il.

D'un signe, Guillaume l'encouragea à obéir. Nicolas le fit asseoir et se posta entre les deux amants.

– Comment ça va, Luna ? demanda Guillaume avec douceur.

– Et toi, surtout ?

– Ça dépend des moments.

– Bon, coupa Léo. On va aller droit au but. Luna a été interpellée hier soir en possession de la mallette de Charles Frémont.

Guillaume ouvrit de grands yeux.

– Quoi ? Mais... qu'est-ce que tu faisais avec ça ?

– Arrêtez votre cinéma, Leserman. Elle vous obéissait : vous lui avez demandé de s'en débarrasser, affirma le flic.

– C'est n'importe quoi ! Je ne lui ai rien demandé !

– Vous allez me faire croire qu'elle a décidé de faire ça toute seule ?

Guillaume réfléchit.

– C'est un coup monté : on a voulu piéger Luna, finit-il par dire.

– Ben voyons !

– Je n'ai pas droit aux visites en prison. Comment voulez-vous que j'ai demandé à Luna une chose pareille ?

– Il n'y a rien de plus facile que de faire passer un message quand on est en taule, répliqua Nicolas.

– Quelqu'un l'a manipulée, je vous dis !

– Depuis hier soir, Luna refuse de parler. Quel que soit le pourquoi du comment, elle a agi pour vous sauver la mise. Et si elle continue comme ça, vous savez ce qu'elle risque, expliqua gravement Léo à Guillaume.

Celui-ci acquiesça et se tourna vers son amie.

– Luna, je sais que tu as agi pour mon bien. Mais ce n'est

pas moi qui suis à l'origine de tout ça. C'est un coup tordu. Quelqu'un cherche à t'enfoncer en même temps que moi. Tu dois tout leur raconter. Je t'en supplie, Luna : s'il y a une chance de se sortir de ce piège, c'est en disant la vérité. Pour nous aider, tous les deux… S'il te plaît.

La jeune femme regarda Guillaume, puis Léo, et prit une inspiration profonde.

– D'accord. Je vais tout vous dire…

Castelli fit un signe à son lieutenant.

– On peut ramener monsieur dans sa cellule.

Nicolas fit se lever Guillaume, qui ne quittait pas Luna des yeux.

– Je t'aime, dit-elle dans un souffle.

– Moi aussi. C'est ce qui me fait tenir.

À peine Nicolas avait-il refermé la porte que Léo se concentra sur Luna.

– Je t'écoute.

– J'étais dans la rue, en route pour aller bosser, quand un mec m'a abordée en me disant qu'il avait un message de Guillaume.

– Description ?

– Heu… Blanc, taille moyenne… À part ça… Il avait d'énormes lunettes de soleil et une capuche relevée sur la tête. Je ne peux pas en dire grand-chose…

– On y reviendra. Continue.

– Il m'a dit qu'il sortait des Baumettes et que Guillaume voulait que je récupère quelque chose dans une voiture. Pour connaître les modalités, je devais lui filer deux cents euros.

– Et tu ne t'es pas méfiée ? Tu as cru ce type sur parole ?

– Mais enfin, ça tenait la route ! Et puis j'étais prête à tout pour aider Guillaume ! Ensuite, en échange de l'argent, il m'a donné une clé et l'emplacement de la voiture. Je te jure que c'est la vérité, Léo !

– Je veux bien te croire. J'ai déjà vu des histoires de manipulation.

– Alors tu vas me libérer ?

– Ce n'est pas aussi simple, Luna. Je vais prendre ta déposition et la transmettre au juge. C'est lui qui décide le placement en détention. Et mon opinion compte peu, malheureusement.

– Ce qui veut dire ?

– Nous sommes dans une affaire de meurtre : je crains qu'il n'ordonne ton incarcération.

Luna tressaillit. La perspective de la prison la plongeait dans une véritable panique.

Derrière son comptoir du *Mistral*, Roland tentait tant bien que mal de consoler Rudy.

– C'est normal qu'on interroge ta mère : elle fréquente le suspect principal. Ils doivent s'imaginer qu'elle sait des tas de choses !

– Sauf qu'elle est en garde à vue, Roland, souligna tristement Rudy. C'est pas une conversation autour d'une tasse de thé et de petits gâteaux.

– Ça, c'est les flics : ils cherchent toujours à t'intimider. Même, et surtout, quand tu es innocent !

Juliette suivait la conversation d'un air grave. Rudy insista pour lui répéter ce qu'il lui avait déjà dit au moins dix fois.

– Je te le jure, Juliette : ma mère est capable de déconner, mais elle n'a rien à voir avec la mort de ton père !

– Moi, je pense que ta mère n'a pas toujours été réglo. Mais je sais aussi que ce n'est pas une tueuse. Au fond, elle aimait bien mon père.

– Ah, ça, c'est un mystère, commenta Roland.

Malik entra dans le bar et se dirigea droit vers Rudy.

– J'ai pu parler à Léo Castelli : j'ai des nouvelles de ta mère.

– Comment va-t-elle ?

– Pas trop mal. Mais ça ne s'annonce pas terrible, je préfère te le dire tout de suite.

– Elle va aller en prison ?

– Il y a des risques, convint l'avocat.

– Mais de quoi l'accuse-t-on ? demanda Roland.

– Elle a tenté de détruire une preuve pour couvrir Guillaume. Il s'agit donc de complicité de meurtre.

– Merde, merde, merde, murmura Rudy.

– C'était quoi, cette preuve ? voulut savoir Juliette.

– On l'a arrêtée en possession de la mallette de ton père. Mais c'est tout ce que je sais.

La jeune fille fronça les sourcils en enregistrant l'information. Rudy reprit sa plaidoirie.

– Juliette, encore une fois, ma mère n'est pas...

– Je sais ! interrompit-elle. Luna n'est pas coupable, c'est très clair.

Elle s'était exprimée sur un ton à la fois léger et catégorique, ce qui surprit tout le monde. Elle s'approcha de Malik.

– Il faut que je te parle. En privé.

– D'accord.

Pendant qu'elle entraînait l'avocat dehors, Roland recommença à réconforter Rudy. Mais le cœur n'y était plus.

Après avoir consulté Malik, qui ne fut pas si surpris par ce qu'elle lui apprit, Juliette se rendit au commissariat. Elle y déclara qu'elle avait vu sa grande sœur partir avec la mallette de leur père le matin précédant l'arrestation de Luna. Elle reconnut formellement l'attaché-case, et Léo, connaissant la volonté maladive de Céline de faire tomber Luna, n'eut pas de mal à conclure à l'innocence de la jeune femme. Au fond, il préférait la savoir manipulée que prête à tout pour Guillaume...

– Mais la prochaine fois, viens me voir avant de faire une connerie, demanda-t-il en la relâchant.

Luna rejoignit l'appartement de Guillaume, où l'attendaient Rachel, Nathan et Juliette, venue informer les autres de son imminente libération.

– Du fond du cœur, Juliette, merci, répétait Luna. Je ne pensais pas que ce serait si dur d'être enfermée. Et encore, je n'ai pas mis les pieds en prison. J'imagine que, pour toi, ça n'a pas dû être facile de dénoncer Céline.

– Non, mais je ne pouvais pas laisser passer ça. Toi en taule, Nathan se serait retrouvé en foyer : un désastre ! Vous n'avez pas à payer pour des actes que vous n'avez pas commis, quoi qu'en pense ma folle de sœur.

– Elle va t'en vouloir à mort.

– Je sais. On verra bien...

– Dommage que tu n'aies pas un autre plan pour faire libérer mon père, intervint Nathan.

– Si je le pouvais, crois bien que je le ferais. Ma famille vous doit bien ça.

Rachel lui sourit.

– Ne prends pas sur tes épaules toutes les fautes des Frémont, Juliette.

– Ça me soulage. Mais je vais vous laisser, maintenant : on a des tas de trucs à préparer pour les obsèques de papa. Tu y assisteras ? demanda-t-elle à Luna.

– Non. C'est au-dessus de mes forces...

– Ma mère non plus n'y assistera pas. Ses relations avec mon père s'étaient beaucoup... dégradées.

– Bon courage, lui souhaita Luna.

– Je penserai à toi, ajouta Nathan.

– C'est gentil.

Juliette partit.

– Pauvre petite, s'émut Rachel. Elle ne mérite pas une famille pareille.

Rachel disait juste. De fait, Céline était bien décidée à faire payer à sa petite sœur ce qu'elle appelait une trahison. Elle se fit passer un savon terrible par Castelli, qui brûlait de la placer à son tour en garde à vue ; il n'y renonça que pour lui permettre d'assister à la crémation de son père. Mais il l'informa que le juge était susceptible de la mettre en examen pour son stratagème pitoyable. Malik tenta d'intercéder.

– Céline a agi sous l'emprise d'une altération émotionnelle due à l'assassinat de son père, plaida-t-il.

– Je ne suis pas folle ! protesta-t-elle. Je sais que j'ai raison. Tôt ou tard, vous finirez par le reconnaître.

Léo en eut presque pitié pour Malik.

– Le juge appréciera, trancha-t-il. Pour ma part, je ne veux plus que vous vous mêliez de cette affaire. Si vous me refaites un numéro pareil, je ne vous louperai pas. Est-ce clair ?

– Très clair, répondit Céline, pincée. N'ayez crainte : je ne ferai plus appel à vous, vu votre... neutralité dans cette enquête.

– Allez enterrer votre père, mademoiselle Frémont, soupira Léo avec lassitude.

Durant les obsèques, Céline et Juliette affichèrent une certaine proximité. Mais leur communion fut de courte durée. Juliette ne rentra pas tout de suite chez sa sœur : elle préférait rester seule. Mais quand elle regagna la maison deux heures plus tard, elle eut la mauvaise surprise de découvrir au milieu du salon... son sac de voyage plein à craquer de toutes ses affaires.

– Ça veut dire quoi, ça ?

– Après ce que tu m'as fait, tu ne pensais tout de même pas que tu pourrais rester ici ? répondit Céline avec froideur.

Juliette la fixa sans répondre, avec un sentiment de mépris mêlé de stupeur.

– Tu m'as trahie, et tu as trahi la mémoire de papa, poursuivit Céline.

– Pas de leçon de morale ! Tu allais envoyer une innocente en prison !

– Cette garce n'est pas innocente.

– Tu es complètement tarée !

– Maman et toi, vous avez complètement perdu l'esprit de famille. Elle n'assiste même pas aux obsèques de son mari, et toi, tu préfères soutenir ceux qui veulent nous détruire.

– Tu me fais pitié, Céline.

– La seule personne que j'aimais vraiment est morte ! Mais ça, tu ne peux pas le comprendre, puisque toi, tu ne l'aimais pas !

Elle avait la voix déformée par la colère et la tristesse. Juliette, elle, resta calme. Elle s'empara de son sac de voyage.

– Tu te trompes. De bout en bout. Mais c'est inutile de discuter : tu ne vois plus le monde tel qu'il est, mais comme ton égocentrisme te le montre. J'ai de la peine pour toi, car je ne crains qu'une chose : que tu finisses seule, complètement seule. Comme papa...

Jusqu'au bout, Céline fixa Juliette sans ciller. Mais, dès que claqua la porte de l'appartement, elle éclata en sanglots.

En dépit des événements, Vincent poursuivait ses recherches. Il avait persuadé un employé du cadastre de rechercher une autre trace du document volé par le mystérieux concurrent. Le fonctionnaire en avait retrouvé une copie, mais Vincent avait réalisé que son hypothèse ne tenait pas : les égouts de ce secteur avaient été bétonnés avant la guerre pour éviter les éboulements. Il était donc improbable que le père de Rachel ait choisi ce lieu pour cacher ses manuscrits.

L'incarcération de Leserman ne facilitait pas les choses. Vincent se sentait un peu démuni, à mener l'enquête tout seul : après tout, il était architecte, pas chasseur de trésor ! Et puis, le refus du généalogiste de donner le nom de ses employeurs posait aussi problème. Ceux-ci en savaient probablement long sur les manuscrits, et leur intervention auprès du juge aurait pu servir la cause de son camarade.

Avec l'accord de Rachel, il décida donc d'appeler les musées susceptibles d'avoir engagé Guillaume pour les informer que leur collaborateur se trouvait en prison. S'il tombait sur le bon établissement, cela devrait les faire réagir... Mais aucun des conservateurs contactés n'avait entendu parler de Leserman. Soit Vincent n'avait pas frappé aux bonnes portes, soit Guillaume, une fois de plus, avait menti...

Pourtant, il reçut rapidement un coup de fil qui récompensa ses efforts : une certaine Éva Cabestany, qui travaillait pour le musée d'Histoire sacrée, le contacta. La mission de Guillaume, expliqua-t-elle, était extrêmement sensible et totalement confidentielle. Ils avaient donc feint, dans un premier temps, de ne pas le connaître – le temps pour eux de procéder à quelques vérifications.

– C'est une affaire qui exige la plus grande prudence, justifia-t-elle à Vincent, et qui mérite de ne pas être traitée au téléphone. J'arriverai demain à Marseille. D'ici là, vous ne devez absolument parler à personne de notre conversation, sous peine de provoquer de très gros dégâts.

Impressionné par le ton de son interlocutrice, Vincent promit le secret et continua l'établissement d'une banque de données concernant les travaux dans le secteur désigné par Rachel. Il compara des dizaines de photos avec le tableau jusque tard dans la soirée.

Le lendemain, Éva Cabestany se présenta chez lui. C'était une belle femme blonde au regard dur, du genre fatale. Vincent, en connaisseur, pensa une fraction de seconde qu'elle lui plairait bien – puis chassa cette idée et lui demanda si elle avait déjà rencontré le juge qui s'occupait de Guillaume.

– Pas pour l'instant : c'est trop tôt, nous ne pouvons rien dévoiler.

– Tout de même, s'enflamma l'architecte, Guillaume est en prison, et votre témoignage pourrait l'aider !

– Monsieur Chaumette, je crois que vous ne saisissez pas la situation. Les manuscrits dont nous parlons sont d'une valeur inestimable. Dévoiler leur existence attirerait une foule de gens peu recommandables : des escrocs, des voyous, des illuminés... et surtout des chasseurs professionnels prêts à tout pour mettre la main dessus.

– Que voulez-vous dire ?

– Des gens tueraient pour s'en emparer, croyez-moi.

Vincent avait du mal à le croire.

– Ils ont donc tant de valeur que ça ?

– Avez-vous déjà entendu parler de Louis Sformo ?

– Eh bien... Non, je ne crois pas.

– C'était un alchimiste du XVIe siècle qui exerçait à Marseille, un savant qui avait une avance considérable sur son temps. Il possédait des connaissances immenses en médecine, en botanique, en biologie, en chimie... Il fut un pionnier de sciences qui n'ont été reconnues que des siècles plus tard, mais qui, à son époque, ont entraîné sa perte.

– Comment ça ?

– L'Église ne lui a pas pardonné de saper son autorité en divulgant son savoir : il a fini sur le bûcher. Les manuscrits qui ont été confiés à la famille Lévy constituent le seul exemplaire du dernier traité de médecine que Sformo a rédigé. Il y faisait le point sur toutes ses connaissances.

– Je comprends bien que cela puisse représenter une grande valeur historique. Mais de là à s'entre-tuer pour un traité de médecine du XVIe siècle...

– Ce livre recèle des secrets que la médecine moderne n'a jamais réussi à percer. De quoi sauver bien des vies...

Vincent réfléchit. Il comprenait l'enjeu d'un tel livre, mais continuait à penser qu'Éva Cabestany exagérait. Des gens tuent pour de l'or, pas pour des recettes de médicaments vieilles de cinq siècles ! Mais il garda pour lui sa pensée.

– Je vous ai tout expliqué, conclut la jeune femme. À vous, maintenant, de me dire où vous en êtes arrivé avec monsieur Leserman.

Vincent fit un résumé de leur enquête, en terminant par sa dernière trouvaille, celle de la nuit précédente.

– J'ai enfin localisé la maison du tableau. La voici, telle qu'elle est actuellement. Elle est située avenue du Prado. Mais, à l'époque, il s'agissait d'un lieu-dit nommé Bassenquet.

L'achitecte étalait des photos, dont une du tableau, et des plans du quartier du Prado.

– Félicitations, dit Éva Cabestany. C'est un point de départ important.

– D'accord, et maintenant ? On ne peut pas pénétrer dans cette maison et la mettre sens dessus dessous pour y trouver un indice.

– Ce n'est de toute façon pas aussi simple. Les gens qui sont venus à Marseille pour y cacher les manuscrits étaient des initiés, des kabbalistes. Connaissez-vous le sens du verbe « kabbaliser » ?

– Je connais la kabbale, mais sans être un spécialiste.

– Ça signifie traiter par un procédé magique, et par extension complexe, difficile à comprendre.

– À déchiffrer, donc. Je vois : si le tableau mène aux manuscrits, c'est forcément avec un langage codé.

– Exactement. Nous sommes confrontés à une énigme, probablement à plusieurs niveaux. Les mots, les chiffres, les symboles que nous trouverons devront être décomposés, croisés, analysés, sans nous interdire aucune combinaison.

– C'est un travail de fou !

– Heureusement, il existe certains protocoles que l'on

retrouve souvent dans ce genre d'affaires, comme les anagrammes. Et puis nous ne serons pas seuls.

– Quelqu'un va venir nous aider ?

Éva Cabestany sortit un ordinateur portable de sa mallette.

– Nous ne sommes pas les premiers à nous attaquer à ce type d'énigmes. Il existe des programmes informatiques qui font gagner bien du temps…

– Bon, si vous le dites ! Par où commence-t-on le décryptage du code Sformo ?

– Partons des noms des rues et du lieu-dit. Ça vous va ?

Vincent était plus que d'accord : il était surexcité !

Rachel reçut la visite pour le moins inattendue de la veuve Frémont. Elle avait « quelque chose d'important » à avouer à la vieille dame.

– Je vous écoute, dit Rachel.

– Eh bien, voilà… Le corbeau, c'est moi.

– C'est… C'est vous qui avez envoyé la lettre à Léo Castelli ?

– Oui.

– Quand je pense qu'il est persuadé que c'est moi ! Mais pourquoi avez-vous fait ça ?

– Je voulais vous aider. Je… Je vous dois bien ça.

Rachel réfléchit au sens de ces paroles.

– L'avez-vous fait pour racheter la conduite de votre père, ou pensez-vous que Guillaume est innocent ?

– Je suis persuadée que votre neveu n'a pas tué mon mari.

Astrid était catégorique.

– Pourquoi une telle certitude ? Vous soupçonnez quelqu'un d'autre ?

– Oh non ! Je ne soupçonne personne. À vrai dire, je pense qu'il n'y a pas de coupable.

– Qu'est-ce que vous voulez dire ?

– Mon mari n'est pas mort, madame Lévy.

Rachel observa son interlocutrice. À la voir, comme ça, elle paraissait très calme.

– Madame Frémont, je comprends que vous ayez du mal à faire votre deuil…

– Il ne s'agit pas de ça. Le deuil, croyez-moi, je le ferais volontiers : je préfèrerais savoir mon mari six pieds sous terre ! Écoutez, je suis consciente que ça ne peut que vous paraître fou, mais je sens sa présence. Charles est là, tapi quelque part, et il attend son heure pour frapper…

Rachel ressentit une bouffée de compassion pour cette femme : même dans la mort, son mari la persécutait.

– Allons, il ne faut pas vous laisser envahir par ces pensées. Vous n'avez plus rien à craindre de lui, maintenant, dit-elle, rassurante.

– Oh ! Mais je ne crains rien pour moi ! Je pense surtout à votre neveu. Avant de disparaître, Charles s'est vanté auprès de moi de se venger de l'homme qui lui avait volé Luna Torres. Et il n'est pas du genre à lancer des paroles en l'air, croyez-moi !

Quelque chose, dans le ton d'Astrid Frémont, fit frissonner Rachel.

Pendant ce temps, Luna confiait son désarroi à Charlotte.

– L'avocat que m'a conseillé Malik a vu le juge. Je ne l'ai pas encore dit à Nathan, mais l'affaire est très mal barrée…

– Pourquoi es-tu si pessimiste ?

– Le juge est intimement persuadé que Guillaume est coupable. Il n'a qu'une hâte : terminer son instruction et passer à autre chose. Il suffit de regarder les actualités : quand un juge a une idée en tête, impossible de le faire changer d'avis ! « Votre ami n'a aucune chance » : ce sont les mots exacts que l'avocat a employés.

– Tu devrais commencer par en choisir un autre ! Si ton propre avocat ne croit pas à l'innocence de Guillaume, il ne risque pas de convaincre le juge !

– C'est le combat du pot de terre contre le pot de fer, soupira Luna.

Charlotte se sentait un peu démunie : que répondre ? Le temps qu'elle trouve, un livreur se présenta avec un gros paquet cadeau.

– La boutique de Charlotte Le Bihac, c'est bien ici ?

– Oui, entrez !

– J'ai un bouquet pour vous. Signez ici, s'il vous plaît...

La styliste s'exécuta tandis que le livreur posait la jolie boîte.

– Qu'est-ce que c'est ? demanda Luna. Une surprise de Vincent ? Ou d'un admirateur secret ?

– Ce n'est pas pour moi. Regarde le mot qui accompagne le cadeau : « À l'attention de Luna Torres. »

– Je ne vois pas bien qui pourrait m'offrir des fleurs en ce moment...

– Tu le sauras bien un jour !

La jeune femme haussa les épaules. Puis elle entreprit d'ouvrir la boîte et en sortit un magnifique bouquet. Tétanisée, elle regarda Charlotte.

– Des camélias ! dit-elle d'une voix blanche.

– Et alors ? Ça ne te fait pas plaisir ?

– La seule personne qui m'ait jamais offert des camélias, c'est... c'est Charles Frémont !

Charlotte fixa le bouquet comme s'il s'agissait d'un nid de serpents.

Un spectre trop brutal 8

Naturellement, Léo Castelli refusa de voir dans ces camélias la preuve que Frémont était vivant, même s'il admit du bout des lèvres qu'il ne refusait pas d'envisager toutes les hypothèses avec quelqu'un d'aussi tordu. Mais un bouquet de fleurs, c'était quand même un peu léger... Rachel, quant à elle, lui fit part du sentiment d'Astrid sur la fausse mort de son mari – mais n'alla pas jusqu'à avouer que c'était elle le corbeau.

Les jours passèrent sans que les différents mystères ne se dissipent. Éva Cabestany se présenta officiellement à Rachel et à Luna, qui eurent beaucoup de mal à comprendre pourquoi elle n'intercédait pas tout de suite en faveur de Guillaume. Ses arguments concernant la protection des manuscrits touchèrent cependant la vieille dame, qui ne tenait pas du tout, évidemment, à être assaillie par une légion de rapaces.

Ninon, qui venait juste de commencer un stage d'été à *La Dépêche Marseillaise*, fit elle aussi la connaissance d'Éva. Très vite, elle trouva suspect que son père passe autant de temps avec une femme aussi sexy. Et, comme il se montrait très évasif quant à leurs activités, elle se mit à soupçonner quelque chose. Ninon était en effet persuadée que Vincent, tout comme certains alcooliques ou toxicomanes, était un coureur de jupons inguérissable.

Comme elle lui faisait remarquer qu'ils avaient « encore » rendez-vous – alors que Charlotte était montée à Paris pour quelques jours –, son père finit par exploser.

– Ça suffit, ces insinuations ! J'aime Charlotte, je suis heureux avec elle, on envisage même de faire un enfant : qu'est-ce que tu veux que je te dise de plus ?

– Tu aimais maman, tu étais heureux avec elle, tu lui as fait un enfant... et pourtant, tu allais voir ailleurs.

– Ninon, il n'y a rien entre Éva et moi. Nos rapports sont strictement professionnels.

– Vous passez des heures ensemble, en ville ou ici, jusque tard dans la soirée. Et le reste du temps, vous vous appelez toutes les cinq minutes : avoue qu'il y a de quoi se poser des questions ! Sans compter que je te trouve fuyant, comme à l'époque où tu t'embrouillais avec tes histoires de cul.

– On ne parle pas comme ça à son père !

– Désolée, papa, mais c'est ce que je ressens.

Vincent réalisa alors que c'était dans son intérêt de dire la vérité à sa fille.

– Éva travaille pour le musée d'Histoire sacrée. Elle est ici pour m'aider à retrouver les manuscrits des parents de Rachel. C'est pour ça que nous passons beaucoup de temps ensemble.

Du coup, Ninon parut ennuyée.

– Je suis désolée, papa... Mais il fallait me le dire plus tôt ! Je comprends très bien, maintenant.

– Je ne t'en ai pas parlé parce qu'il s'agit d'une affaire très particulière. Éva est en mission secrète. Ce que nous faisons doit rester totalement confidentiel. On est bien d'accord ?

– Ne t'en fais pas : tu peux compter sur moi.

Mais à peine Vincent avait-il quitté le loft que Ninon se précipita sur son ordinateur et entreprit de fouiller dans l'historique de ses recherches sur Internet.

Pendant que la jeune fille découvrait que son père avait parcouru la toile à la recherche d'informations sur la kabbale et l'alchimiste Louis Sformo, Nathan – à mille lieues de toute préoccupation ésotérique – se désolait auprès de Rachel et de Luna de la tournure des événements.

– C'est foutu : papa va rester en taule et on va m'expédier dans un foyer, répétait-il.

– Tant que je serai vivante, ça n'arrivera pas, lui assura avec force sa grand-tante.

– Et si Frémont est vivant, ton père est sauvé, renchérit Luna.

– C'est pas un bouquet de fleurs qui va le libérer ! Si ça se trouve, c'est un plan de l'autre folle, là !

Luna avait effectivement pensé que Céline avait pu commettre cette plaisanterie douteuse. Mais quel intérêt, alors qu'elle avait échoué dans sa tentative de la faire accuser ?

– Ce qui est clair, c'est que je ne suis pas né sous une bonne étoile, poursuivit Nathan.

– Arrête d'être aussi pessimiste ! sermonna Rachel. Quand mes parents ont été arrêtés, moi, j'aurais préféré qu'ils soient jetés en prison, figure-toi !

– Je sais, tante Rachel. Mais je flippe, c'est comme ça.

– Il ne t'arrivera rien. Et puis, maintenant, tu as un talisman qui te protège, hein ?

Rachel fit un clin d'œil à l'adolescent. Quelques jours plus tôt, elle lui avait donné le médaillon offert par son père – un bijou d'une grande valeur sentimentale, supposé protéger celui qui le portait.

– Je sais, concéda Nathan dans un sourire.

– Il faudrait que je tende un piège à Frémont, que je trouve un appât, réfléchit Luna.

– On ne piège pas un mort, ni même un fantôme, lui rétorqua Rachel.

– Mais s'il est vraiment vivant, je suis la seule à pouvoir l'attirer dans un guet-apens, non ? insista la jeune femme.

Nathan haussa les épaules : visiblement, il ne croyait pas à cette possibilité. On frappa à la porte : Éva et Vincent entrèrent.

– Ça va ? Vous êtes toute pâle, dit Luna en voyant la jeune femme.

– Éva a eu un petit malaise avant d'arriver ici, expliqua l'architecte.

– Vous voulez qu'on appelle un médecin ?

– Non, non, ce n'est rien. Un coup de fatigue : je n'ai pas beaucoup dormi depuis que je suis à Marseille. Avec du stress en plus...

– Bienvenue au club, sourit faiblement Luna.

Vincent entreprit tout de suite le résumé de leurs dernières recherches.

– Nous n'avançons pas. Nous avons passé des centaines d'indices possibles à la moulinette : nous avons pris tous les noms des rues, à l'époque du tableau et au moment de la guerre, nous avons essayé des tas de combinaisons à partir d'anagrammes, nous avons tenté de les relier à des coordonnées GPS pour décrypter un éventuel code alphanumérique, nous avons appliqué des algorithmes utilisés par des archéologues...

– Parle français, veux-tu ? interrompit Rachel.

– Ce que je veux dire, simplifia l'architecte, c'est que, si le tableau contient bien un code secret, nous n'arrivons absolument pas à le déchiffrer.

– Et quel est le plan B ? demanda Luna.

Vincent toussota, pour signifier timidement qu'il n'en avait pas, mais Éva prit la parole.

– Moi, j'ai une intuition. C'est en rapport avec vous, précisa-t-elle en regardant Rachel.

– Dites toujours.

– J'ai le sentiment que nous bloquons parce que votre tableau n'est peut-être pas la seule composante de l'énigme. Peut-être qu'il nous manque plusieurs éléments qui, associés à la toile, donneraient la bonne combinaison. Comme un coffre-fort qui s'ouvre avec deux clés. Ceux qui ont verrouillé ce secret ont dû prendre leurs précautions.

– Mais je vous ai déjà dit que je ne me souvenais de rien, rappela tristement Rachel. C'est trop loin, et j'étais trop petite.

– Imaginons qu'il s'agisse d'un objet. N'y a-t-il pas quelque chose de précieux dont votre père vous aurait parlé ? Une chose qu'il vous aurait donnée en vous recommandant d'en prendre le plus grand soin ? En vous demandant de ne jamais vous en séparer ?

Rachel réfléchit un moment.

– Le seul objet que mon père m'ait légué n'a de valeur que sentimentale.

– De quoi s'agit-il ? insista Éva.

La vieille dame se tourna vers Nathan.

– Tu veux bien nous prêter ce que je t'ai donné ?

L'adolescent acquiesça et, sans un mot, défit le médaillon accroché à son cou pour le donner à la jeune femme. Elle l'ouvrit et regarda la petite photo jaunie insérée à l'intérieur.

– Ma mère, expliqua Rachel.

– Je veux juste prendre le temps de l'examiner. Je te le rendrai très vite, d'accord ? demanda Éva à Nathan.

– Okay. Mais surtout, ne le perdez pas : ma tante vient de me l'offrir !

– C'est promis.

Mais elle ne put s'empêcher de fixer le médaillon avec une certaine gourmandise.

Après le départ d'Éva et de Vincent, Luna retourna à l'atelier de couture, dont elle s'occupait pendant les quelques jours d'absence de Charlotte. Se plonger dans le travail lui faisait du bien : au moins, elle pensait un peu moins à Guillaume... Alors qu'elle tentait de se plonger dans la vérification d'une commande, Léo lui téléphona.

– J'ai une bonne nouvelle, Luna, annonça-t-il.

– C'est Guillaume ! Il va sortir ?

– Tu sais bien que ça ne dépend pas de moi. Mais je suis revenu à la charge auprès du juge à propos de ton permis de visite, et il a accepté. Tu pourras aller le voir demain.

– Merci, Léo. C'est important pour moi, tu sais.

– Oui. Nathan aussi a une autorisation.

– Doublement merci, alors.

– Ce n'est rien. Sous mes dehors méchants, je ne suis pas un si mauvais bougre, maugréa le flic.

Luna était sur le point de prévenir Nathan lorsque le téléphone sonna une nouvelle fois. Léo avait dû oublier de lui dire quelque chose.

– Allô ?

Mais ce n'était pas la voix du policier.

– Bonsoir, Luna. Les fleurs étaient-elles à votre goût ?

La jeune femme se figea. Son cœur s'arrêta de battre un court instant. Elle parvint à peine à balbutier.

– Char... Charles ?

– Vous n'êtes pas contente de m'entendre, on dirait.

– Mais... Mais vous êtes censé être...

– Ça vous surprend tant que ça ? Pourtant, les fleurs étaient un message clair, non ?

– Si... Mais ça fait quand même bizarre.

– Décidément, vous ne prononcerez pas les mots que j'aimerais entendre : « Charles ! Vous êtes vivant, je suis si heureuse ! »

– Je...

– Oublions : ça n'a pas d'importance. J'ai une proposition à vous faire. Vous tenez à faire sortir Leserman de prison, j'imagine ?

– Oui, évidemment.

– J'ai une solution. Retrouvons-nous demain.

– Où ça ?

– Pas si vite ! Je vous ferai parvenir mes instructions. Ravi de vous avoir parlé, Luna. Et pas un mot à quiconque, naturellement.

Frémont raccrocha. Luna avait les jambes en coton. Son premier réflexe fut d'appeler Léo, mais elle se ravisa aussitôt. Elle savait Charles parfaitement machiavélique, mais le croyait quand il assurait avoir le moyen de faire libérer Guillaume. Elle ne devait commettre aucun faux pas.

En démontant le médaillon de Rachel, Vincent et Éva découvrirent un minuscule papier qui portait la mention « deuxième arche ».

– Qu'en pensez-vous ? demanda la jeune femme.

– La maison du tableau jouxte un jardin abandonné entouré d'arcades : je pense qu'il s'agit de ça.

– Nous irons dès demain matin, alors.

Soudain, Éva eut un rictus de douleur qu'elle réprima difficilement. Tout son corps sembla se nouer, comme sous l'effet d'une décharge électrique.

– Éva ? Qu'est-ce qui vous arrive ?

– C'est... C'est mon ventre... Il fait encore des siennes...

– Je vous emmène à l'hôpital.

– Non, je vous assure. D'ailleurs, c'est déjà passé...

Elle fit un effort surhumain pour reprendre contenance. Pas du tout convaincu, Vincent la regarda.

– J'insiste : vous devriez vraiment voir un médecin.

– J'ai l'habitude, vous savez. J'ai une hernie à l'intestin. Ce n'est pas si grave, et j'ai prévu de me faire opérer prochainement. Il n'y a pas à s'inquiéter.

– Si vous préférez vous reposer, demain, je peux aller tout seul jeter un coup d'œil à cette deuxième arche.

– Nous serons plus efficaces à deux. En revanche, pour aujourd'hui, j'arrête. Je vais rentrer à l'hôtel.

Elle retourna au *Select*, où elle logeait, et tenta de se détendre. Mais son esprit bouillonnait. Elle était fébrile, et paniquée par cette nouvelle attaque.

– Ne lâche pas... Ce n'est pas le moment..., se dit-elle face au miroir.

Quelqu'un frappa doucement à la porte. Elle eut la surprise de découvrir Nathan : que lui voulait ce gamin ?

– Salut. Je suis venu voir si vous en aviez fini avec mon médaillon.

– Déjà ? Tu ne le lâches pas, dis donc !

– J'y tiens, c'est vrai.

– Je n'en ai plus besoin : je te le rends.

– Vous avez trouvé un truc ?

– Peut-être. Il faut vérifier, répondit prudemment Éva.

Elle tendit le médaillon. Nathan, dans sa précipitation pour le récupérer, heurta un guéridon couvert d'une pyramide de documents. Tous les papiers s'éparpillèrent.

– Oh, merde ! Quel nul !

Il se pencha pour ramasser ce qu'il avait fait tomber. Son œil repéra trois passeports. Curieux, il en ouvrit un : à côté de la photo d'Éva figurait le nom d'Anne Wilkinson...

– Tiens, vous avez un passeport chinois ?

– Eh bien... oui.

– C'est cool !

Il remarqua aussi que les deux autres passeports – l'un allemand, l'autre brésilien – portaient également la photo d'Éva.

– Vous avez le droit d'avoir plusieurs nationalités ? demanda-t-il avec excitation.

– En quelque sorte. Comme certains archéologues. Je fais des missions aux quatre coins du monde, et certaines doivent rester secrètes.

– Comme quand on fouille la grande pyramide ?

– Exactement. Il faut alors que je voyage sous une fausse identité, comme un agent secret. Certains boulots sont classés « secret d'État ».

– Eh, c'est l'éclate ! Et il faut faire beaucoup d'études pour avoir un boulot comme ça ?

– Heu... Oui, pas mal, en effet.

– Ah...

Le garçon parut déçu. « Au moins, le bluff a l'air de marcher », se dit Éva. Elle enfonça le clou.

– Nathan, tu comprends bien que, ce que je viens de te dire, ça doit rester entre nous, n'est-ce pas ?

– Évidemment ! Je ne vais pas vous balancer, c'est pas mon genre !

« Il vaudrait mieux pour toi, mon bonhomme », songea Éva dans un sourire faussement complice.

Le lendemain, Luna put enfin retrouver Guillaume. Elle le trouva terriblement marqué par la fatigue et le désespoir, ce qu'il confirma.

– Je n'en peux plus d'être dans ce trou à rats, dit-il. Et j'ai bien l'impression que c'est parti pour un bon moment.

– Tu parles comme si tu étais déjà condamné !

– C'est tout comme. Je sais que le juge d'instruction est persuadé de ma culpabilité. Les tribunaux sont saturés : je risque de ne passer devant un jury que dans deux ou trois ans.

– Mais c'est impossible ! Tu es innocent ! On n'a pas le droit de...

– Nous sommes des milliers dans cette situation, Luna. Bienvenue dans le monde merveilleux de la justice française ! railla Guillaume.

Luna tenta de se calmer. Elle ne voulait pas raconter que Frémont lui avait donné rendez-vous. Elle afficha donc un optimisme qui tomba bien à plat.

– Je suis sûre que les choses vont s'arranger.

– Tu es bien la seule. Moi, je pense exactement le contraire. Tu veux que je te dise ? Je n'ai pas l'intention de devenir fou !

– Qu'est-ce que tu veux dire ?

Il baissa la voix pour que le gardien ne l'entende pas.

– Je vais m'évader. Je vais avaler un truc pour qu'on m'envoie à l'hosto. Et une fois là-bas...

– Guillaume ! Il ne faut pas faire ça ! C'est trop dangereux !

– Ma décision est prise. Je n'ai rien à perdre. Je ne veux pas attendre un procès lointain où on risque fort, de toute manière, de me condamner. C'est au-dessus de mes forces, Luna. Mais ne t'inquiète pas : si tout marche bien, quand je serai en sécurité, je te ferai parvenir un signe pour que tu me rejoignes. Si tu le veux encore.

Luna voyait bien que Guillaume ne plaisantait pas. Il paraissait à bout.

– Je te comprends. Si tu t'évades, je te rejoindrai, bien sûr.

Il sourit, soulagé.

– Mais ne fais rien pour l'instant, poursuivit la jeune femme.

– Pourquoi attendre ?

– Parce que c'est moi qui vais te sortir d'ici.

– Et comment ? demanda-t-il tristement.

– Ne me demande rien. Je t'expliquerai tout bientôt, je te le promets. Mais d'ici là, toi, tu dois me jurer de ne rien tenter.

Guillaume fixa Luna. Il eut envie de protester : quel était ce plan secret ? Sa compagne allait peut-être changer d'avocat – ou même se jeter aux pieds du juge. À vrai dire, il ne croyait guère à une autre solution que l'évasion.

– D'accord, c'est promis. Mais reviens vite.

– La prochaine visite a été attribuée à Nathan et à Rachel. Je reviendrai dès que possible.

Luna n'y tint plus : elle embrassa Guillaume, malgré l'interdiction de contacts directs entre prisonniers et visiteurs. Le gardien les rappela très vite à l'ordre – avec douceur, cependant : malgré le règlement, il détestait séparer les couples.

En quittant la prison, Luna s'arrêta dans une grande surface où elle acheta un appareil photo numérique – le plus petit possible –, ainsi qu'un baladeur MP3 qu'elle fit envelopper dans du papier cadeau. Puis elle se rendit au *Select* où elle trouva Rudy, accompagné de Johanna.

Le garçon se troubla quand sa mère lui tendit le paquet en lui disant simplement « tiens, cadeau », et plus encore quand il découvrit l'objet.

– Super ! C'est un des modèles les plus perfectionnés ! Une vraie bombe !

– Tu ne crois quand même pas que ta vieille mère va t'offrir de la camelote ! plaisanta Luna.

– Merci ! Mais il ne fallait pas : tu as dû te ruiner !

– Hé, je ne suis pas SDF ! Et puis, j'ai le droit de te faire plaisir, non ?

Rudy approuva, tout en se disant que quelque chose ne

tournait pas rond : sa mère ne l'avait guère habitué à ce genre d'attentions.

– N'empêche, poursuivit-il. Avec ce cadeau, tu vas manger des nouilles jusqu'à la fin du mois.

– J'adore les nouilles. Et puis, d'ici la fin du mois...

Luna se mordit les lèvres. Rudy sentit quelque chose.

– Qu'est-ce que tu veux dire ?

– Rien... Je veux dire... Qu'on n'y est pas encore...

– Maman, il y a quelque chose qui ne va pas. Tu as l'air bizarre. Tu me le dirais, si tu avais un problème ?

À force d'essayer de dissimuler son angoisse, Luna était en train d'éveiller les soupçons de son fils. La tristesse la submergea. La peur, aussi. Elle savait qu'elle était venue voir Rudy « au cas où ». Au cas où ça se passerait mal avec Frémont. Elle chassa cette pensée du mieux possible et se ressaisit.

– Quel flippé, ce mec ! Je me demande comment une femme comme moi a pu mettre au monde un enfant aussi anxieux !

– C'est vrai qu'il n'a pas l'air, comme ça, mais c'est un inquiet, approuva Johanna.

– N'importe quoi ! protesta l'intéressé.

– Ne te laisse pas influencer, conseilla Luna à la jeune fille.

– Pas de risque : je suis trop heureuse pour ça !

– Et moi, alors ? s'exclama Rudy. Ne me fais pas passer pour un rabat-joie !

Luna regarda les deux jeunes avec émotion.

– Vous êtes beaux, tous les deux... Beaux, et heureux d'être ensemble : c'est ça, le plus important.

Rudy fut surpris par la gravité de la voix. Mais sa mère ne lui laissa pas le temps de réagir. Elle ramassa ses affaires et se dirigea vers la porte.

– Il faut que je file. Quand je commence à m'attendrir, ça m'énerve.

Elle caressa fugacement la joue de Rudy, fit un rapide baiser à Johanna et quitta la chambre, cachant les larmes qui lui montaient aux yeux.

– Tu as vu ? s'inquiéta Rudy. Jamais elle ne parle comme ça !

– Et alors ? Elle a parlé avec son cœur ! Moi, ça m'a touchée.

– C'est pas la question !

Le garçon était complètement retourné.

– Je suis sûr qu'elle s'est encore mise dans une sale embrouille !

– Elle a raison : tu vois tout en noir, se moqua Johanna.

– Je la connais trop bien ! Elle se la jouait cool, mais elle était flippée, ça sautait aux yeux ! Et son cadeau, en plus... C'est clair qu'il y a un problème !

– Oh la la ! On dirait un vieux garçon qui se fait du souci pour sa maman ! Laisse-la vivre !

Mais Rudy savait qu'aucune parole ne lui enlèverait l'angoisse qui, désormais, lui nouait l'estomac.

Éva et Vincent regardaient d'un air désolé la petite malle à moitié rouillée qui trônait sur la table de la cuisine. L'exploration minutieuse de la deuxième arche leur avait révélé une combinaison de chiffres gravée dans la pierre, à demi effacée mais encore lisible. Persuadés d'avoir trouvé la longitude et la latitude de la cachette des manuscrits, ils s'étaient précipités, guidés par le GPS de l'architecte, vers l'endroit désigné, sur la côte rocheuse, à quelques kilomètres de Marseille.

Ils n'avaient pas tardé à découvrir une cavité dans les rochers, au fond de laquelle était dissimulé un vieux coffre. Ne réussissant pas à l'ouvrir sur place, ils rentrèrent au loft, impatients, et persuadés de s'être enfin emparé du Graal...

...lequel se résumait à un morceau de papier sur lequel

était écrit : « Vous êtes indignes de la Connaissance. »

– On s'est moqué de nous, ou alors on nous a doublés, lâcha Vincent.

– On ne doit pas s'avouer vaincus, répliqua Éva, mais sans trop y croire.

– Mais nous sommes dans une impasse.

– Ce n'est pas possible !

Éva était bouleversée. « Il y a autre chose que cette histoire de manuscrits », pensa Vincent.

– Éva ? Ça va ? Vous êtes toute pâle !

– Je...

Elle ne parvint pas à réprimer un violent spasme et se tordit de douleur, comme secouée par une décharge électrique. Vincent crut qu'elle allait s'évanouir – ou pire encore ? Il se précipita sur le téléphone.

– J'appelle le Samu !

– Non ! Là, dans mon sac...

Vincent s'en saisit, fouilla et en sortit une trousse : Éva hocha la tête pour lui indiquer qu'il s'agissait bien de ça. À l'intérieur, il découvrit des seringues et plusieurs petits flacons cachetés.

– N'importe lequel, en entier, souffla la jeune femme.

Vincent pompa le contenu d'un flacon avec une seringue et, le plus calmement possible, fit une injection à Éva qui tendait faiblement le bras.

– Ça va aller, maintenant, dit-elle.

Au bout de quelques minutes, effectivement, elle avait repris des forces, même si elle gardait un teint pâle et, surtout, un regard particulièrement triste.

– Je vais vous dire de quoi il s'agit.

– Je préfèrerais, admit Vincent.

– Je souffre d'une maladie orpheline. Un syndrome dégénératif irréversible. Pour faire simple, mes globules blancs détruisent progressivement mes globules rouges. Sans que l'on sache pourquoi, et surtout sans que l'on sache comment arrêter le processus. Autrement dit, je suis condamnée. À brève échéance.

– Mais... Il doit bien y avoir quelque chose à faire ! protesta Vincent.

– J'ai vu les plus grands spécialistes, dans différents pays. Il n'y a aucun remède en vue. Ce que vous m'avez administré ne soigne que la douleur, mais...

– J'ai du mal à croire qu'il n'existe rien. On découvre des traitements tous les jours !

– Pas pour nous. Nous sommes si peu nombreux qu'aucun laboratoire ne se donne la peine de faire de vraies recherches. Nous ne sommes pas assez rentables...

Vincent ne savait que répondre. Il connaissait un peu le problème des maladies orphelines : son ex-femme Laurence, qui était médecin, lui en avait souvent parlé.

– Mon dernier espoir, voyez-vous, ce sont... les manuscrits, avoua Éva.

– Je ne comprends pas.

– D'après certains chroniqueurs, Louis Sformo était atteint d'un mal qui ressemble au mien. La science de cet homme était stupéfiante, notamment concernant les plantes.

– Mais il s'agit d'un alchimiste du XVIe siècle... Vous perdez peut-être une énergie précieuse en courant après ce livre.

– Au contraire. D'après les médecins, j'aurais dû mourir il y a trois ans. Je tiens parce que je m'accroche à cette possibilité. Vous n'y croyez pas, d'accord ; mais moi, non seulement j'y crois, mais je suis persuadée que c'est la seule chance qu'il me reste.

La sincérité et la détresse de la jeune femme touchèrent Vincent au plus profond de lui-même. Elle leva vers lui un regard implorant, désespéré.

– Il me faut ces manuscrits, Vincent. C'est ma vie qui est en jeu. Et je ne veux pas mourir... Pas maintenant... J'ai si peur...

D'un geste naturel, l'architecte la prit dans ses bras. Éva s'abandonna.

– Vous n'allez pas mourir. Nous n'allons pas baisser les bras : nous allons le chercher, ce livre, et le trouver ! Je vous le promets.

Tout d'un coup, la quête des manuscrits prit dans son cœur une importance nouvelle. Ce n'était plus une chasse au trésor excitante et ludique. Désormais, c'était une mission.

Frémont avait bien préparé son coup. Il entraîna Luna dans un jeu de piste : un SMS lui indiqua une cabine téléphonique dans une rue déserte, où il l'appela pour lui ordonner de se rendre dans tel cinéma et d'en sortir par l'issue de secours dix minutes après le début du film, puis il lui donna rendez-vous au terminus d'une ligne d'autobus. Là, sous un abribus vétuste, au cœur d'une zone industrielle, Luna commençait à se demander si tout cela était vraiment sérieux quand elle entendit une sonnerie : elle n'avait pas remarqué que son abri possédait un téléphone, à moitié dissimulé par les tags et la crasse. Elle décrocha.

– Charles ? Ça fait deux heures que vous me baladez : je n'en peux plus.

– Votre impatience à me revoir me touche, Luna. Mais regardez : sur votre droite s'étend un terrain vague.

– Avec une carcasse de camionnette au milieu ? Charmant !

– Tout au fond se trouve un hangar désaffecté. Vous l'apercevez ?

– Oui.

– Je vous y attends.

Frémont raccrocha. Luna ne put s'empêcher de ressentir

un frisson : le terrain vague glauque et le hangar désaffecté lui donnaient l'impression de jouer dans un film d'épouvante – quand la victime est sur le point de tomber entre les mains du tueur en série sadique qui s'apprête à lui faire passer un très mauvais quart d'heure...

Elle chassa ces pensées : ce n'était pas le genre de Frémont qui, quoi qu'on en dise, ne lui avait jamais fait de mal. La vision de Guillaume en prison acheva de lui donner le courage nécessaire pour traverser le terrain vague, où un chien famélique la regarda passer d'un œil morne.

Elle parvint au hangar et poussa une porte rouillée qui tenait à peine sur ses gonds. L'intérieur était plongé dans la pénombre, profitant faiblement de quelques rayons de lumière qui passaient çà et là à travers les fissures. Une odeur de produits chimiques et d'humidité régnait.

– Charles ? Vous êtes là ? appela Luna.

– Avancez.

Elle eut du mal à situer la voix. Elle fit quelques pas en avant, puis aperçut une silhouette, à la frontière de l'obscurité et d'un pâle halo de lumière. L'apparition avait quelque chose de spectral. Luna ouvrit discrètement son sac en main, préparant l'appareil photo qu'elle avait acheté.

– Je savais que vous viendriez, se réjouit Frémont. Vous êtes honnête avec moi : au moins, je dois vous reconnaître cette qualité. C'est d'ailleurs l'une des raisons pour lesquelles je vous aime.

Frémont fit un pas vers la lumière. Il n'avait pas changé, mais son regard brillait d'un feu intérieur peu rassurant.

– J'ai attendu ce moment avec impatience. Vous êtes très belle, comme d'habitude.

Luna n'avait aucune envie que la conversation s'engage sur ce terrain, et décida d'en arriver au but de leur rendez-vous.

– Vous m'avez dit que vous aviez une solution pour faire libérer Guillaume.

Ce nom contraria Frémont.

– Guillaume, Guillaume ! Vous ne pensez qu'à lui ! Mais qu'est-ce que vous lui trouvez, à ce minable ? C'est parce qu'il joue les aventuriers de seconde zone que vous vous laissez embobiner ? Qu'est-ce qu'il a de plus que moi ?

La question était si ridicule que Luna se contenta de soupirer. Frémont poursuivit, mais sur un ton plus grave, presque implorant. Il s'approcha de la jeune femme et lui prit les mains. Elle fut alors obligée de laisser tomber son sac à terre – qui, largement ouvert, laissait voir l'appareil photo...

– Vous êtes la femme de ma vie, Luna... Pour vous, je serais prêt à tant de choses... Je pourrais tant vous donner...

– Charles, j'ai toujours été franche avec vous. Je vous respecte. Mais je ne suis pas amoureuse de vous. J'aime Guillaume, et je suis venue ici pour essayer de le sauver.

Frémont hocha la tête.

– Toujours sincère, pour le meilleur, et surtout pour le pire...

– J'ai besoin de vous. Je ne vous suivrai pas dans la clandestinité, mais si vous m'aidez, d'une manière ou d'une autre, je resterai votre amie. Une amie fidèle. C'est tout ce que je peux vous offrir. Sinon, nous ne nous reverrons plus jamais.

Il médita un instant. Il savait que, pour gagner, il fallait parfois lâcher du lest.

– D'accord, souffla-t-il. Je ne me rendrai pas à la police, mais je peux certainement vous...

Il s'interrompit. Tandis qu'il parlait, ses yeux étaient tombés sur le sac à main. Il se pencha et s'empara de l'appareil photo.

– Qu'est-ce que c'est que ça ?

Luna ne sut que répondre. Tous ses signaux d'alerte étaient passés au rouge.

– Vous êtes venue ici avec l'intention de me piéger ! Moi qui avais confiance en vous, qui étais prêt à vous aider ! Quel imbécile !

– Charles, il ne faut pas...

– Silence !

Il lui envoya une gifle si violente qu'elle perdit l'équilibre et tomba. Elle leva les yeux, stupéfaite et apeurée.

– Qu'est-ce que vous faites ? Vous êtes devenu fou !

– C'est vous qui me rendez fou, à force de vous foutre de moi ! Mais c'est fini, maintenant ! Vous allez payer !

Frémont se jeta sur Luna. Elle tenta de se protéger des coups qui pleuvaient sur elle. Il hurlait, comme possédé. Horrifiée, la jeune femme sentit qu'il soulevait sa robe. Elle essaya de résister, mais il était beaucoup plus fort.

– J'ai assez attendu ! Fini de jouer les allumeuses et de profiter de moi ! Maintenant, je vais prendre ce à quoi j'ai droit !

Luna serra les jambes, geste ultime et dérisoire pour résister à l'assaut de la bête déchaînée qu'était devenu Frémont. Il lui envoya un coup de poing sur la tempe. Elle perdit connaissance...

Quand elle revint à elle, elle ne savait pas combien de temps s'était écoulé. Son crâne lui faisait l'effet d'un torrent de cailloux, son visage la brûlait, mais elle sut instantanément que Frémont ne l'avait pas violée. C'est alors qu'elle entendit les pleurs.

– Pardon... Pardon, Luna... Je n'aurais pas dû...

Elle se leva péniblement. Frémont était à genoux et des larmes baignaient son visage. Il paraissait anéanti. Il fit un geste dans sa direction.

– Ne m'approchez pas ! ordonna-t-elle en reculant.

– Je vous aime tellement !

– C'est votre façon de me le prouver ? Je vous en prie,

Charles : vous êtes déjà méprisable, n'en rajoutez pas dans le pathétique !

– Vous m'avez trop fait souffrir. J'ai perdu le contrôle. Je ne voulais pas lever la main sur vous, mais quand j'ai vu que vous vouliez me piéger... Moi qui étais prêt à vous aider...

– Je voulais sauver l'homme que j'aime.

– Il a de la chance que son sort vous préoccupe tant.

– Pour lui, je ferais n'importe quoi. Vous m'entendez ? Je l'aime !

Luna cherchait les mots qui pouvaient blesser Frémont. Mais tout cela était dérisoire. Elle n'avait qu'une envie : rentrer au Mistral. Elle se leva et ramassa ses affaires. L'appareil photo était cassé. Elle sortit son miroir de maquillage et regarda les dégâts. Une pommette enflée. Un œil au beurre noir. La lèvre légèrement entaillée. Super. Frémont, lui, avait repris un air pensif.

– Vous feriez... « n'importe quoi » ? dit-il doucement.

– Ne rêvez pas. Je ne coucherai jamais avec vous.

L'escroc n'était plus du tout contrit. Il avait retrouvé son assurance et considéra froidement Luna.

– C'est superficiel. Dans quelques jours, vous n'aurez plus de marques.

– Je devrais vous remercier, peut-être ?

– Vous vouliez me voir pour parler affaires, m'avez-vous dit. Soit. Voilà ma proposition. Leserman et moi recherchons la même chose, vous le savez...

– Les manuscrits ? On ne sait pas où ils sont. Vincent Chaumette et une conservatrice nous aident, mais ils n'ont rien trouvé.

– Ils finiront par mettre la main dessus. Vous me les apportez, et je vous donnerai de quoi faire libérer Guillaume.

– Et si on ne les trouve pas ?

– Alors vous attendrez qu'il ait purgé sa peine. Peu

importe les années quand on aime, n'est-ce pas ?

– Vous n'avez pas le droit de faire ça ! Guillaume est innocent !

– Et moi, je suis mort, Luna. Les affaires de ce monde ne me regardent plus... sauf si vous m'apportez les manuscrits.

Frémont lui tourna le dos et disparut dans les ténèbres de l'entrepôt.

– Utilisez de l'arnica, lâcha-t-il alors qu'il s'éloignait. Ça fait des miracles pour cicatriser !

Amnésie 9

Certains jours, Léo Castelli en avait marre que tout le monde le prenne pour un con. Qu'on mente à la police parce qu'on a peur, il pouvait le comprendre. Mais qu'on joue les saintes nitouches, la main sur le cœur, et qu'on le mène en bateau, ça, il le supportait de moins en moins. Il avait convoqué Rachel et Luna et, quand il avait demandé à la jeune femme ce qui lui était arrivé, elle avait soutenu qu'elle avait glissé sur les marches du cours Julien.

– Ben voyons ! s'emporta le policier. Et ces escaliers sont tellement vicieux qu'ils t'ont fait à la fois un œil au beurre noir et une entaille sur la lèvre !

– C'est-à-dire que j'ai dévalé plusieurs marches, osa Luna.

– Ça suffit ! J'en ai marre de vos petites cachotteries ! Qui t'a fait ça ?

– Même si quelqu'un s'en est pris à Luna, en quoi ça te regarde ? intervint Rachel.

– Ça me regarde parce que son mec est soupçonné de meurtre, que Céline Frémont a cherché à la faire enfermer, que vous me cachez toutes les deux des tas de trucs depuis le début et qu'un cadavre a disparu ! Alors, excuse-moi, mais j'ai tendance à vous avoir dans ma ligne de mire !

– C'est quoi, cette histoire de cadavre ?

Léo se calma un peu.

– C'est ça dont je voulais vous parler. J'ai découvert qu'au moment de la mort de Frémont un cadavre a disparu d'un hôpital. Même corpulence, même âge. C'est une coïncidence étonnante, non ?

– J'ai... J'ai vu Frémont, avoua alors Luna.

– Et c'est lui qui t'a fait ça ?

Elle soutint le regard du flic sans répondre.

– Bon, passons. Raconte-moi comment ça s'est passé.

– Il m'a téléphoné et m'a proposé un marché.

– Bravo. Et, naturellement, tu t'es précipitée au commissariat. Mais, manque de pot, ce jour-là on était fermé pour inventaire.

– Je ne fais pas confiance aux flics, c'est vrai ! Tu as soupçonné Rachel d'être le corbeau, tu as failli marcher dans le plan de Céline, et Guillaume est en prison pour un meurtre qu'il n'a pas commis ! Comment veux-tu qu'il en soit autrement ?

– Du calme ! Je ne te fais pas de reproches : repartons sur de nouvelles bases. C'est quoi, le marché de Frémont ?

Luna regarda Rachel. Ce n'était pas à elle de décider, mais à la vieille dame. Celle-ci acquiesça et prit la parole.

– Il veut des manuscrits de grande valeur qu'on a confiés à ma famille pendant la guerre.

– Du chantage, traduisit Léo. Faut pas céder.

– Ça ne risque pas : on ne les a pas, ces manuscrits.

– Mais vous venez de me dire que...

– C'est une longue histoire, soupira Rachel.

– Allez-y : plus c'est long, plus c'est bon. Mais par pitié, ne me racontez pas des craques, ou je sens que je vais finir par faire une bavure !

Après avoir entendu le récit des deux femmes, Castelli arrêta sa stratégie. Pour obtenir la libération de Guillaume, il fallait couper l'herbe sous les pieds de Frémont et, surtout, apporter des éléments probants au juge. Pour mettre en scène sa mort, l'escroc avait forcément bénéficié de l'aide de complices. Il fallait les faire sortir du bois.

Léo demanda à Ninon si, dans le cadre de son stage à *La Dépêche marseillaise*, elle serait intéressée par quelques informations sur cette affaire sensible. L'apprentie journaliste, évidemment, recueillit le témoignage du capitaine, que le journal s'empressa de publier, trop heureux de tenir un scoop. Après la publication de l'article, qui racontait que la police avait de sérieux doutes sur la réalité de la mort de Frémont, un employé de la morgue remarqua que les fichiers informatiques de son établissement avaient été trafiqués. Quelques heures plus tard, le laboratoire qui s'était chargé de l'analyse ADN du cadavre calciné prévenait le commissariat que l'un de ses techniciens avait disparu, ainsi que le dossier au nom de Charles Frémont...

Pendant que Léo se rendait auprès du juge pour lui faire part de ces nouveaux éléments, Luna se précipita à la prison pour annoncer à Guillaume que sa libération, si elle n'était pas encore officiellement acquise, devrait être imminente.

Les marques sur son visage avaient presque toutes disparu. Mais elle dissimula ce qui restait de son hématome à la tempe sous une bonne couche de maquillage et une mèche de cheveux. En voyant le sourire radieux de sa compagne, Guillaume comprit qu'elle venait lui annoncer une bonne nouvelle. Elle posa sous ses yeux un exemplaire de *La Dépêche marseillaise*.

– Léo est en train de démonter la supercherie de Frémont. Même s'il reste encore introuvable, ta libération n'est plus qu'une question de jours, peut-être d'heures !

– J'ai du mal à y croire : c'est presque trop beau !

– Bientôt, nous serons ensemble. J'ai tellement hâte !

Guillaume jeta un coup d'œil au gardien et comprit qu'il avait l'autorisation de s'approcher de Luna. Celle-ci se raidit légèrement, mais tâcha de ne rien laisser paraître. Son ami lui saisit une main et l'embrassa.

– Je sais que tu t'es tellement démenée… Merci pour tout ce que tu as fait.

Il lui caressa la joue et, dans le même geste, souleva la mèche de cheveux qui cachait l'hématome. Il fronça les sourcils.

– Qu'est-ce qui t'est arrivé ?

– Rien ! Je suis tombée.

– On dirait un coup, plutôt.

Guillaume scruta le visage de Luna.

– Je me disais bien que tu avais l'air bizarre. Tu es beaucoup plus maquillée que d'habitude.

– C'est pas méchant, mais je ne voulais pas que ça se voit, tenta la jeune femme.

– Si tu étais vraiment tombée, tu n'aurais pas cherché à le cacher et tu me l'aurais dit tout de suite. Qui t'a fait ça ?

– Mais… Personne…

– Ne me mens pas, Luna. Pas toi, s'il te plaît. Alors, qui ?

Le ton était grave : il était inutile de jouer la comédie.

– C'est Frémont. Mais ça n'a plus d'importance, maintenant.

– Frémont ? Tu l'as vu ?

– Quand je t'ai demandé de ne rien tenter, la dernière fois, c'est parce que j'avais rendez-vous avec lui. Il m'avait contactée pour me dire qu'il était prêt à t'innocenter.

– Et tu as cru ce salaud ? Que s'est-il passé exactement ?

– J'ai voulu le piéger et le prendre en photo sans qu'il s'en aperçoive. Mais il m'a grillée. Il s'est mis en colère...

– Et il t'a frappée.

Ce souvenir fit monter les larmes aux yeux de Luna.

– Il était comme fou. Ça n'arrêtait pas. J'ai cru qu'il allait me tuer...

– Ordure... Il ne perd rien pour attendre...

Luna essaya de se calmer. Elle regarda Guillaume avec des yeux implorants.

– Ne dis pas ça. L'important, maintenant, c'est que tu vas sortir d'ici. On va se retrouver tous les trois, avec Nathan.

– Je ne supporte pas l'idée qu'il ait pu te faire du mal. Il va payer.

– Je ne veux pas que tu parles de vengeance. Ça me fait peur. Je t'en supplie, ne pense plus à ça.

– N'aie pas peur, Luna. L'important, effectivement, c'est que je sois libéré. Il ne pourra plus rien t'arriver, je te le promets.

Ces paroles étaient loin d'être rassurantes. Luna regretta de ne pas avoir mieux menti.

En revenant au Mistral, la jeune femme fit un détour par le commissariat pour savoir comment s'était passé le rendez-vous entre Castelli et le juge. Mais elle ne trouva dans le bureau que Nicolas Barrel qui, ayant terminé son service, enfilait son blouson.

– Léo est parti à l'hôpital pour entendre d'autres employés. Mais, d'après ce qu'il m'a dit, le juge a donné son accord oral pour la libération de votre ami.

– Génial ! Quand va-t-il être relâché exactement ?

– Le temps des formalités, je dirais... demain ou après-demain.

– Le juge ne risque pas de changer d'avis, au moins ?

– Non. Maintenant, il y a trop d'indices qui laissent penser que Frémont a organisé toute cette mise en scène macabre. Reste à dénicher l'oiseau.

– Si ça se trouve, il a déjà filé loin de Marseille.

– On a lancé un avis de recherche. Il finira bien par faire un faux pas.

Ils quittèrent le commissariat tout en discutant. Nicolas ne prêta pas attention à l'un de ses collègues qui escortait un homme en direction du bâtiment. Luna, en revanche, se figea. Surpris, Nicolas comprit qu'elle était tétanisée et suivit son regard... Le policier tenait par le bras Charles Frémont.

Il était hirsute, mal rasé, les yeux perdus. Il posa sur Luna et Nicolas un regard vide, sans la moindre expression. Quand il passa à leur hauteur, la jeune femme l'interpella.

– Charles ?

Frémont la regarda mais ne réagit pas. Il paraissait vraiment... différent.

– Charles ! insista Luna.

Il remua les lèvres avec difficulté, comme s'il n'avait pas parlé depuis longtemps.

– Je... Excusez-moi... On se connaît ?

Vu l'état de Frémont, son interrogatoire par les policiers fut repoussé le temps d'un examen médical. À l'hôpital, un médecin le déclara « au bord de l'épuisement et souffrant d'un traumatisme crânien léger ». Puis le psychiatre diagnostiqua une amnésie. Enfin, Léo Castelli et Nicolas Barrel furent autorisés à l'interroger, en présence de son avocat, Malik Nasri.

Les flics le bombardèrent de questions, lui firent répéter plusieurs fois sa déposition, tentèrent de le coincer. Mais Charles Frémont s'en tenait à une seule et même version : il s'était réveillé couché dans un caniveau, avec un mal de crâne affreux, ignorant qui il était et ce qu'il faisait là. Il errait depuis plusieurs heures quand un policier l'avait interpellé et amené au commissariat. Il nia connaître Luna Torres – et, *a fortiori*, l'avoir agressée dans un hangar désert.

Castelli et Barrel organisèrent alors une rencontre avec Céline Frémont, espérant que l'émotion ferait tomber le masque. La jeune femme ne cacha pas qu'elle était bouleversée par la résurrection de son père, et lui cracha son incompréhension et sa colère d'avoir pleuré sur un faux cadavre. Malgré la tension inouïe qui régnait dans le bureau, Frémont ne cilla pas. Dépassé, il regardait sa fille aînée d'un air abasourdi, et aucun geste, aucun mot, n'indiqua qu'il simulait. Même Léo dut reconnaître qu'il n'avait jamais vu quelqu'un d'aussi doué – car lui était intimement persuadé que Frémont menait son monde en bateau. Il convoqua Luna, mais celle-ci se montra réticente à l'idée de revoir son agresseur.

– Tu es notre dernier espoir pour renvoyer cet escroc en prison, lui répéta Léo. Sans toi, avec les experts qui cautionnent son amnésie, il va encore nous rouler dans la farine !

Le même jour, Luna reçut une autre visite qui la perturba intensément. Juliette vint la supplier de ne pas accabler son père. Elle le savait certes malhonnête, et coupable... mais c'était son père. La jeune fille évoqua la douleur de Nathan, privé de son père encore incarcéré, et ébranla ainsi la rancune de Luna – qui avait elle aussi souffert, pendant de longues années, de l'absence de son propre père. Pour autant, elle ne promit rien, si ce n'est de tenir compte de sa détresse.

En attendant, elle s'abandonna entièrement à la joie de retrouver Guillaume, qui fut très vite libéré. Immédiatement, Nathan et lui firent preuve d'une bonne volonté manifeste. De toute évidence, leur relation était en voie de pacification.

– C'est bien la seule chose positive que je retire de cette expérience, avoua Guillaume à Luna dans l'intimité.

Le lendemain, Léo et Nicolas ne purent cacher leur joie : ils étaient persuadés que l'heure de Frémont avait enfin sonné. Luna ressentit un certain malaise face au truand. Mais lui, tout comme avec Céline, la considéra avec un mélange d'étonnement et d'hébétude.

– Je suis tellement désolé, mademoiselle. Chaque jour, je découvre un pan de ma personnalité, et chaque jour, c'est pire encore... C'est épouvantable. Pourquoi vous aurais-je fait du mal ? demanda Frémont.

– Parce que je me refusais à vous et que j'aime quelqu'un d'autre.

– J'étais donc amoureux de vous ? Et je vous ai frappée ? Mais c'est impardonnable !

Léo leva les yeux au ciel : de mieux en mieux ! Luna, elle, avait l'air complètement déstabilisée.

– Est-ce que... j'avais déjà été violent avec vous ? demanda-t-il dans un souffle.

– Non, reconnut Luna.

– Et avec d'autres femmes ?

– Pas à ma connaissance.

– C'était un accident, alors ? Je vous en prie, mademoiselle, dites-moi que c'était un accident... Dites-moi que je ne me comporte pas comme une brute dans mon état normal...

L'amnésique paraissait sincèrement désespéré. Luna demanda à rester seule avec lui.

– C'est interdit, répondit Nicolas.

Mais Léo comprit que c'était peut-être le seul moyen de faire craquer Frémont.

– On va faire une exception. Mais on reste derrière la porte : au moindre geste suspect, tu cries, dit-il à Luna.

Elle regarda Frémont un bon moment sans rien dire. Il soutint son regard, puis replongea dans ses pensées, l'air absent.

– Comment vous faites, Charles, pour jouer aussi bien la comédie ? Il faut être drôlement insensible ! Ça ne vous a pas suffi de faire croire à vos filles que vous étiez mort ?

– J'en ai vu une, hier... Céline. C'est ce qu'elle m'a dit. C'est monstrueux.

– Tout est monstrueux en vous. Vous m'avez frappée avec une telle sauvagerie que j'ai cru que vous alliez me tuer !

– Comment ai-je pu faire une chose pareille ? Vous ne devez pas hésiter à me charger, mademoiselle. D'après ce que m'a raconté la police, de toute façon, je mérite largement la prison. Je suis... Je suis un déchet.

– Bien sûr que vous la méritez. À cause de vous, l'homme que j'aime a passé trois semaines derrière les barreaux, accusé de vous avoir tué !

Frémont acquiesça en silence. Puis il releva la tête.

– Si je comprends bien, j'ai fait toutes ces horreurs par amour pour vous ?

– Un amour qui me répugne !

– Je ne sais comment vous demander pardon. Si je pouvais revenir en arrière et tout effacer... Vous avez raison de vouloir vous venger. Je mérite d'être puni pour mes actes. J'ai deux filles : ça va être terrible pour elles de voir leur père en prison, après l'avoir cru mort. Jusqu'au bout, j'aurai causé leur malheur !

Frémont était décomposé, les yeux pleins de larmes. Il exprimait un désespoir si noir, si profond, que Luna détourna le regard.

Quand elle revint au Mistral, Guillaume fêtait au bar de Roland sa libération autant que le prochain retour de Frémont en prison. Mais, quand sa compagne lui annonça qu'elle n'avait pas porté plainte, il laissa éclater sa colère.

– Luna, tu as couvert ce salaud !

– Je ne l'ai pas couvert ; j'ai refusé de l'envoyer en prison.

– Mais il recommencera ses magouilles, comme avant ! Tu es complètement folle ! Comment peux-tu avoir pitié d'un mec qui a failli te tuer ?

– Ce n'est pas une question de pitié.

– Ah bon ? Et c'est quoi, alors ? Parce que là, franchement, je ne vois pas !

– J'ai fait ça pour une gamine de dix-sept ans qui m'a demandé de lui laisser son père ! Tu comprends mieux, maintenant ?

– Non, pas tellement, désolé.

– Tu n'as pas connu ça, toi. Moi, j'ai tellement souffert de l'absence de mon père que je racontais à longueur d'année qu'il était en voyage d'affaires.

– Et alors ? Quel est le rapport ? Moi, quand j'étais en taule, les proches de Frémont, ça ne les a pas empêchés de dormir !

– Ça va, papa, intervint Nathan. Luna, elle s'est démenée pour toi : ne l'engueule pas...

– Je vois : c'est moi qui ai tort. Et vous, vous en pensez quoi ? demanda-t-il, mauvais, à Roland.

Le patron était très ennuyé d'avoir à donner son avis.

– Moi... Heu... Je dis que... Tiens, voilà Juliette !

En effet, la jeune fille pénétra dans le bar et se jeta directement dans les bras de Luna.

– Si tu savais comme je suis heureuse ! Je te dois beaucoup, merci. Du fond du cœur, merci !

Luna murmura un vague « de rien », mais surtout, regarda Guillaume : il secoua la tête, exaspéré.

Encore contrarié, Guillaume fit la connaissance d'Éva Cabestany juste après l'incident. Comme Vincent et elle lui exposaient en détail les péripéties qu'ils avaient affrontées pendant son incarcération, il écouta avec attention tout en scrutant la conservatrice. Il ne sentait pas cette femme. D'autant plus que Nathan lui avait révélé qu'elle possédait plusieurs passeports...

– Naturellement, je ne suis pas ici pour me substituer à vous, déclara Éva. Il s'agissait plutôt de prendre le relais pendant que vous étiez... empêché. Maintenant, nous allons poursuivre ensemble, et votre avis sera précieux.

– Oui, très bien. Mais excusez-moi : je reviens dans trois minutes, répondit Guillaume.

Il s'enferma dans la salle de bains et composa discrètement un numéro sur son téléphone portable.

Vincent, lui, se réjouissait que les opérations soient menées en trio.

– Nous allons y arriver, affirma-t-il, rassurant, à Éva.

– Je l'espère : je sens que je n'ai plus beaucoup de temps...

– Vous ne croyez pas si bien dire, madame Cabestany... si tel est votre vrai nom, bien entendu, interrompit Guillaume en revenant au salon.

– Que voulez-vous dire ? se défendit l'autre.

– Arrêtez votre cirque. Vous êtes archiviste au musée, soit. Mais personne ne vous a mandatée pour cette affaire. Le conservateur est d'ailleurs pressé de vous poser quelques questions.

– Qu'est-ce que c'est que cette histoire ? demanda Vincent.

– Elle essaie de nous doubler, lâcha Guillaume. Vous travaillez pour votre propre compte ou pour un commanditaire ?

– Mais c'est un malentendu ! Je vais appeler le musée et ils vont...

– Tenez, je vous en prie.

Guillaume reprit son portable, appuya sur la touche de rappel et brancha le haut-parleur.

– C'est la ligne directe du conservateur, à qui je viens de parler. Allez-y, nous sommes tout ouïe.

Éva n'attendit pas que l'on décroche à l'autre bout. Elle ramassa son sac en un éclair et s'enfuit du loft. Vincent en resta bouche bée.

– Ça alors !

– C'est une petite arnaqueuse. Ce qui m'inquiète, c'est que, si elle est venue jusqu'à nous, d'autres peuvent suivre.

– Mais comment avez-vous su ?

– Disons que c'est un des acquis de ma vie passée : je flaire ce genre de personnage…

« … car j'en étais un il n'y a pas si longtemps », ajouta-t-il intérieurement.

Céline passa chercher son père au commissariat : elle avait beaucoup réfléchi ces dernières heures et lui annonça la couleur dès qu'ils furent dehors.

– Papa, je suis d'accord pour t'héberger pendant quelque temps, mais tu arrêtes cette comédie.

– Mais… je ne joue pas la comédie !

– Papa ! J'ai pleuré pendant des jours ! J'ai organisé tes obsèques ! Je me suis crue orpheline ! Tu m'as trop menti : je ne te crois plus, maintenant ! Je sais que tu simules !

– Je suis tellement désolé de vous avoir fait souffrir…

– Arrête ! Dans ce cas, j'aime autant que tu la boucles !

Et Frémont se tut, suivant docilement sa fille comme un vieux chien malheureux.

Une fois chez elle, il bénéficia d'un accueil très différent de la part de Juliette. Elle s'était préparée à ce qu'il ne la reconnaisse pas – car elle, contrairement à sa grande sœur, était persuadée qu'il était vraiment amnésique. Ce qui, naturellement, provoqua une première dispute lorsqu'il désigna du doigt une photo encadrée.

– C'est Julien, le frère jumeau de Céline, expliqua Juliette.

– Je pense à une piscine... Pourquoi ?

– Il est mort noyé. Quelque chose te revient ?

– Assez ! C'est indécent ! s'emporta Céline.

– Mais ça pourrait déclencher un souvenir, plaida sa sœur.

– Ma pauvre, tu es tellement naïve ! Qu'il se foute de nous, c'est une chose ; mais qu'il ne joue pas la comédie avec Julien ! Ça me dégoûte !

– Mais tu vois bien qu'il va mal ! Personne ne peut jouer la comédie à ce point-là !

– Arrêtez ! cria alors Frémont.

Les filles se retournèrent vers leur père. Il paraissait vraiment souffrir.

– Ne vous disputez pas à cause de moi. Je ne le mérite pas...

Vincent venait d'arriver au *Select Hôtel* car il souhaitait au moins entendre la version d'Éva. Tout en préparant ses valises, elle reconnut qu'elle avait bel et bien usurpé sa fonction. Depuis des années, elle était sur la piste des manuscrits de Louis Sformo. Elle s'était fait engager au musée comme archiviste pour pouvoir remonter le fil, avait surpris une conversation à propos de la mission de Guillaume et, quand Vincent avait contacté le conservateur, c'était elle qui avait pris l'appel. C'était une chance unique pour elle – car elle jura à Vincent qu'elle avait bien dit la vérité sur deux points : sa maladie et sa conviction que ce vieux traité de médecine représentait sa seule chance de salut.

Vincent ne mit pas sa parole en doute. Au fond, ça l'ennuyait beaucoup qu'Éva quitte Marseille. Aussi lui proposa-t-il... de ne pas partir. Il suffisait qu'elle s'installe dans un autre hôtel, sur la corniche, afin de ne pas tomber sur Guillaume, avec qui Vincent allait continuer les recherches. Naturellement, il la tiendrait au courant de leurs avancées. En espérant aller plus vite que la maladie... Éva, émue, se jeta à son cou pour le remercier. Et quand elle l'embrassa, il ne la repoussa pas vraiment.

Guillaume, lui, devenait fou à force de penser à Frémont. Il ne supportait pas de le savoir en liberté après l'agression de Luna – et il était aussi persuadé que c'était lui qui avait rédigé le petit mot moqueur : « Vous êtes indignes de la Connaissance... » C'est ce qu'il expliqua à Vincent. Mais l'architecte se sentait très mal à l'aise, coincé entre sa fidélité à leur quête et son engagement auprès d'Éva.

– Je suis persuadé que Frémont détient les manuscrits, affirma Guillaume.

– Rien ne le prouve : le message a pu être rédigé par quelqu'un d'autre il y a des années.

– Dans cette hypothèse, on peut les considérer comme perdus, trancha l'autre. Mais si on s'est fait récemment doubler, il n'y a que deux coupables possibles : Éva Cabestany et Charles Frémont. La femme est hors jeu. C'est donc Frémont que nous devons soupçonner.

– D'accord, mais comment agir ? On le surveille ? On attend qu'il commette un faux pas ?

– C'est impossible : on ne peut pas lui coller aux basques vingt-quatre heures sur vingt-quatre.

– Sa liberté de mouvement est limitée : il est sous contrôle judiciaire et officiellement amnésique.

– Justement : il peut attendre des mois que les choses se tassent, avant de monnayer les manuscrits.

– Moralité, nous sommes réduits à l'impuissance.

– Moi, je dirais plutôt qu'il faut le faire parler.

– Pas facile. Les flics se sont plus d'une fois cassé les dents sur l'animal.

Guillaume ne répondit pas tout de suite. Il réfléchissait.

– Il y a toujours un moyen de faire craquer un homme, finit-il par lâcher.

Peu rassuré, Vincent comprit que Guillaume allait s'en charger.

C'était le soir du 14 Juillet. Luna avait revêtu une robe délicieusement rétro pour se rendre au bal – sa première soirée festive depuis que Guillaume était sorti de prison ! Celui-ci l'avait prévenue qu'il ne pourrait la rejoindre qu'en fin de soirée, déclinant son invitation à dîner. Il avait « une affaire à régler », avait-il expliqué de manière laconique. Luna espérait que ce n'était pas en rapport avec les manuscrits ou, pire encore, avec Frémont. Elle se sentait épuisée et aussi apeurée par toute cette affaire, et n'aspirait pour la première fois de son existence qu'à une chose : une vie sans histoires.

Ces derniers jours, Guillaume et elle s'étaient disputés plusieurs fois. Elle voyait bien qu'il ne voulait pas renoncer à sa quête et qu'il était encore obsédé par Frémont. Elle lui avait demandé de tourner la page, de penser à l'avenir, d'oublier ces heures sombres – et jamais il ne lui avait répondu d'une manière rassurante. Ou alors, du bout des lèvres…

Luna commença à se maquiller. Les marques sur son visage avaient presque disparu. Si seulement tout le reste pouvait s'effacer de la même manière ! Et puis, elle décida de ne pas se laisser entraîner par l'angoisse. Si elle s'interrogeait sur l'emploi du temps de Guillaume à chaque heure de la journée, elle n'avait pas fini de se ronger les sangs ! Après tout, peut-être était-il avec Rachel, ou avec Nathan ?

Au même moment, perché sur le mur qui entourait la maison de Céline, Guillaume regardait dans le jardin. Installé dans un transat, Charles Frémont feuilletait un magazine. Un barbecue crépitait doucement. Il n'y avait qu'une entrecôte dans le plat de service : il avait donc prévu de dîner seul, et c'était une excellente initiative.

Quand Frémont sentit sur sa gorge une lame de couteau, il sut tout de suite qui se trouvait derrière lui.

– Un seul mot, et je vous saigne comme le porc que vous êtes, murmura Guillaume à son oreille.

Puis, avec une technique très professionnelle qui surprit l'escroc, il passa devant lui tout en maintenant son couteau sous la gorge.

– Qui êtes-vous ? demanda Frémont.

– Ce n'est pas le moment de jouer à l'amnésique. Si vous voulez garder une chance de vous en sortir indemne, vous avez intérêt à retrouver la mémoire au plus vite.

Guillaume appuya la lame de telle sorte qu'elle n'incise pas la peau, mais qu'elle bloque partiellement la respiration. « Encore une technique de pro », se dit Frémont, qui décida de prendre la menace au sérieux.

– Leserman... Que voulez-vous ?

– Comme on se retrouve ! À votre avis ?

– Vous n'êtes pas un assassin.

– Qu'est-ce que vous en savez ?

Soudain, il le tira hors de son transat.

– À genoux ! ordonna-t-il. Et les mains derrière le dos !

Guillaume attacha les poignets de Frémont avec un bracelet de serrage, comme ceux qu'utilise la police. Il pointa son couteau sur sa nuque.

– Qu'est-ce que vous allez me faire ? demanda l'autre, la peur au ventre.

– Vous n'auriez jamais dû vous en prendre à Luna.

– Je me suis emporté ! J'ai honte et je m'en veux de l'avoir frappée !

– Mais le mal est fait.

– Écoutez, on peut s'entendre. Si vous voulez de l'argent...

– Je me fous de l'argent !

– Leserman, si vous me tuez, vous irez en prison jusqu'à la fin de vos jours ! tenta Frémont.

– Vous me prenez pour un con ?

Guillaume traîna son prisonnier vers le barbecue. Il le tira par les cheveux jusqu'aux braises ardentes.

– Un petit accident domestique suite à un malaise, et on est défiguré pour le restant de ses jours. Ça arrive tous les étés...

– Je vous en supplie...

Frémont transpirait à grosses gouttes. Il sentait la chaleur du foyer sur son visage, à la limite de la brûlure.

– Où sont les manuscrits ? demanda froidement Guillaume.

– Mon beau-père, Jules Tailleroche... Il a dû les trouver... C'est lui qui nous a doublés...

– Alors il les a certainement cachés quelque part ?

– Mais je ne sais pas où ! Je vous le jure !

Guillaume approcha encore un peu plus Frémont des braises rougeoyantes. Il hurla de douleur. Mais son cri fut couvert par les pétards du 14 Juillet qui commençaient à éclater dans le quartier.

– Je ne sais rien, pleura-t-il.

La douleur et la peur devaient être insupportables : il ne pouvait mentir.

– Je vous crois, dit Guillaume. Vous ne me servez donc à rien. On va mettre en scène un petit accident qui terminera votre carrière. Depuis le temps que vous jouez avec le feu, ça ne surprendra pas grand-monde !

– Non ! Je vous en supplie ! Pensez à Luna !

– Ne prononcez pas son nom !

– Si vous faites ça, elle finira par le savoir... Elle vous regardera comme un monstre... Et vous la perdrez !

Les paroles de Frémont réveillèrent la conscience de

Guillaume. C'était juste : il pourrait berner la police, mais pas Luna. Et elle n'aimerait jamais un criminel... Il laissa tomber sa victime, qui s'affala au pied du barbecue, une partie de son visage rougie par la brûlure.

– N'approchez plus jamais de Luna, vous m'entendez ? Plus jamais !

Et il quitta le jardin, laissant Frémont pleurer comme un enfant à peine sorti d'un cauchemar.

Le manuscrit maudit | 10

Frémont prétendit à ses filles qu'il s'était brûlé le visage en préparant une sauce flambée. Mais il ne respecta pas l'interdiction de Guillaume : il alla voir Luna pour la mettre en garde au sujet de la brutalité de son amant. Travaillé par le remords, ce dernier finit par raconter à la jeune femme tout ce qui s'était passé : maintenant, il ne ressentait que dégoût et effroi devant un tel accès de violence – même si son moteur avait été l'amour qu'il vouait à Luna. Celle-ci pensait d'ailleurs qu'il avait ainsi exorcisé une partie de ses démons. Elle ne l'accabla donc pas, et leur relation retrouva la légèreté que les derniers événements avaient en partie éteinte. Ils se mirent même à croire à un avenir apaisé…

À l'inverse, la situation se dégradait de jour en jour entre Charlotte et Vincent. L'architecte voyait Éva tous les jours en secret. La compassion qu'il éprouvait pour sa détresse était en train de changer, et il se sentait de plus en plus attiré, envoûté par la jeune femme. Éva, elle, le regardait constamment d'un œil implorant, et même amoureux, ce qui, peu à peu, sapait ses résistances. Il luttait pour que les choses n'aillent pas trop loin, mais ce combat entre sa conscience et son désir l'absorbait tant que Charlotte le trouvait de plus en plus soucieux, distant, voire fuyant.

Vincent répétait sans cesse qu'il était absorbé par sa quête des manuscrits, mais Charlotte savait bien qu'il n'en était rien. Ses silences l'exaspéraient. Elle devinait qu'il avait été un temps attiré par la belle archiviste, et craignait que ce sentiment n'ait déclenché une certaine lassitude envers son propre couple. Elle était pourtant loin de la réalité : convaincue qu'Éva avait effectivement quitté Marseille, elle se consolait en pensant qu'elle n'était plus qu'un fantasme et que tout danger était écarté.

Décidé à croire que Frémont lui avait dit la vérité, Guillaume orienta ses recherches sur Jules Tailleroche. Si l'ancien collabo avait effectivement trouvé les manuscrits, peut-être les avait-il cachés chez lui, tout simplement ? En plus de la maison de famille, où vivait désormais Astrid, il avait acquis dans les années 1930 un petit appartement où il avait vécu quelque temps. Charles s'en était souvent servi pour ses rendez-vous avec ses maîtresses et, bien qu'elle n'ait jamais fait partie de celles-ci, Luna avait occupé les lieux durant quelques semaines l'année précédente. Désormais, Astrid louait à l'occasion, pour de courtes durées.

Toujours soucieuse de payer sa dette envers Rachel Lévy, madame Frémont accepta que Vincent procède à la fouille de la maison et de l'appartement, en quête d'une cachette sous le plancher, dans un faux plafond ou dans un mur creux. L'architecte sonda les lieux, mais ne trouva rien de spécial.

Guillaume tenta alors une autre approche : il questionna Astrid, Céline et Juliette sur les relations de Jules Tailleroche.

Qui fréquentait-il ? Faisait-il partie d'un cercle ? Citait-il certaines personnes ? Voyait-il quelqu'un en particulier ? À en croire sa famille, Tailleroche – peut-être à cause de son passé honteux – n'avait jamais beaucoup fréquenté ses semblables. Ni Céline ni Juliette ne se souvenaient de l'avoir entendu parler de connaissances avec lesquelles il aurait partagé des moments conviviaux.

– À l'exception du prof de latin, celui qui lui donnait des cours, se rappela néanmoins Juliette.

– C'est vrai ! Je l'avais oublié, celui-là, renchérit Céline. Pourtant, il s'appelait César. Pour un latiniste, c'est pas mal, non ?

– Votre grand-père s'intéressait aux langues mortes ?

– Tout d'un coup, à soixante-dix ans, il s'était mis en tête d'apprendre le latin, répondit Juliette. L'une de ses dernières lubies, probablement !

Guillaume était surpris : les manuscrits étaient écrits en hébreu. Pourquoi le vieux Tailleroche se serait-il mis au latin ?

Le professeur André César, désormais à la retraite, se montra assez peu loquace avec le chasseur de manuscrits et, plutôt que de l'aider, contribua à brouiller les pistes.

– Jules Tailleroche voulait comprendre le texte d'un certain Sformo, raconta le latiniste. Un alchimiste, je crois.

– Mais il ne vous a jamais parlé de manuscrits en hébreu ?

– Jamais. De toute façon, je ne lui aurais pas été d'une grande aide : c'est une langue que je ne connais pas.

Leserman ne comprenait plus rien – d'autant plus que Vincent, pour ne pas trahir Éva, ne lui avait pas dit tout ce qu'il savait sur l'alchimiste. Rachel, elle, avait déjà entendu parler de Louis Sformo, mais très vaguement, et ne savait pas comment le relier à ses manuscrits. Guillaume en conclut qu'il s'agissait peut-être d'une fausse piste. Mais Vincent, qui se garda bien de tout commentaire, appela aussitôt Éva. Il la retrouva au plus vite à son hôtel, où elle logeait en toute discrétion.

– J'ai enfin une bonne nouvelle, lui annonça-t-il dès son arrivée. Jules Tailleroche a eu le manuscrit de Sformo en sa possession !

– Mon Dieu ! Ça, c'est une bonne nouvelle ! En espérant qu'il ne soit pas trop tard...

– Éva ? Vous êtes toute pâle !

– J'ai fait un malaise épouvantable tout à l'heure. J'ai vraiment l'impression que... ça s'accélère.

– Non, Éva, non : on touche au but. On va le retrouver, ce manuscrit !

– Heureusement que vous me soutenez, Vincent. Sans vous, je me laisserais sombrer tout doucement dans la mort...

– Je ne vous laisserai pas tomber.

– Quand je pense à toutes ces choses que je n'ai pas eu le temps de faire...

– Ne dites pas ça. Il faut vous accrocher !

Éva se blottit contre Vincent et le fixa, les yeux humides.

– J'aimerais... J'aimerais que le dernier homme qui me prenne dans ses bras... ce soit vous...

Il la serra plus fort encore. Elle l'embrassa, et il lui répondit avec fougue. Elle prit ses mains et les posa sur son corps, et Vincent se laissa faire.

Le lendemain, Éva prit contact avec Astrid Frémont. Sous une fausse identité, elle lui loua l'appartement de Jules Tailleroche pour une semaine. À peine installée, elle se précipita sur le téléphone pour appeler... Charles Frémont. Elle avait, dit-elle, une proposition à lui faire – de celles qu'on ne refuse pas. Il se montra très surpris que le rendez-vous ait lieu dans son ancienne garçonnière.

– Que faites-vous dans l'appartement de ma femme ? Vous la connaissez ? demanda-t-il, sur ses gardes.

– Je l'ai loué. Sous un faux nom, naturellement. Et je ne connais pas votre femme. C'est Vincent Chaumette qui, sans le vouloir, m'a mise sur votre piste. Mais je ne cherche pas à vous piéger, bien au contraire.

– Qu'attendez-vous de moi, alors ?

– Nous recherchons tous les deux le même objet. Et nous avons tous les deux le même adversaire : Guillaume Leserman.

– Je ne tiens pas à croiser sa route pour le moment, avoua l'escroc.

– Je pense que nous pourrions unir nos compétences.

– Et pourquoi ? Vous ai-je déjà rencontrée avant mon... amnésie ?

– Inutile de faire semblant avec moi. Vous avez raison de vous intéresser aux manuscrits : ils valent une fortune. Quant à moi, je suis prête à tout pour les retrouver. Rien ni personne ne m'arrêtera.

– Je suis très impressionné. Mais moi, qu'ai-je à gagner ?

– L'argent ne m'intéresse pas. Ne me demandez pas pourquoi, mais seul l'un des manuscrits est important pour moi. Vous garderez le reste : c'est bien plus avantageux qu'un partage équitable.

– Mais pourquoi vous croirais-je ?

– Parce que tout seul, vous êtes mal parti pour l'emporter.

Frémont acquiesça lentement.

– Admettons...

– Alors que moi, je sais à la minute près où en est le tandem Leserman-Chaumette. Sans le savoir, l'architecte travaille pour nous.

– Vous le tenez par où je pense ? Toujours son point faible !

– Ne soyez pas vulgaire. Disons plutôt que Chaumette croit que je suis amoureuse de lui, et que ça le rend particulièrement vulnérable.

– Vous êtes une femme… intéressante.

– Dites-moi, croyez-vous aux forces de l'esprit ?

– Que voulez-vous dire ?

– Votre beau-père collabo, Jules Tailleroche : il a vécu ici. Je sens sa présence. Et je vais contacter ses énergies.

– Je ne crois pas aux morts qui parlent ni aux tables qui tournent, mademoiselle. Si c'est ça, votre méthode, je crains de ne pas pouvoir vous suivre.

– Laissez-moi faire. Vous, vous aurez une mission précise : il semble que Leserman ait mis le doigt sur une piste très sérieuse. Vous souvenez-vous d'un certain André César, un latiniste qui donnait des cours à votre beau-père ?

Tout sourire, Frémont se dit qu'il venait de découvrir son double féminin.

André César fut ravi de revoir Charles Frémont. Celui-ci entreprit de le flatter sans vergogne : Anne Wilkinson, agrégée de latin à l'université catholique de Louvain et excellente amie, admirait beaucoup son travail et tenait absolument à faire sa connaissance. Le vieux professeur fut donc invité… chez Éva.

Frémont se souvenait que César raffolait de l'armagnac. La jeune femme avait donc acheté une bonne bouteille et avait incorporé une préparation personnelle supposée délier les langues.

– Ce n'est pas du GHB, au moins ? voulut savoir Frémont. Parce que ça ne marche pas toujours comme on le souhaite !

– Pas du tout. C'est à base de plantes… et diablement efficace. En Tanzanie, on l'utilise pour stimuler la mémoire des anciens. C'est comme un sérum de vérité, mais sans les effets secondaires.

Frémont n'en avait pas demandé davantage et, au bout du deuxième verre, César se montrait déjà d'excellente composition. L'ancien avocat amena doucement la conversation sur

« le bon vieux temps », puis sur son beau-père...

– Il tenait vraiment à le traduire, son fichu traité d'alchimie, hein ? avança-t-il avec le plus grand naturel.

– Oh, Charles ! Ce traité de médecine, il vaut mieux l'oublier !

– Ah bon ? Mais pourquoi dites-vous ça ?

Le latiniste regarda Éva avec un soupçon de méfiance. « Il faut augmenter la dose », se dit-elle.

– Encore un petit verre, professeur ?

Avant que le vieil homme n'ait répondu, elle lui servit une généreuse rasade. Il but une lampée et revint vers Frémont.

– Vous savez, il y a certaines choses que je ne peux pas dire à quelqu'un d'autre que vous, commença-t-il.

– Mademoiselle Wilkinson est une amie intime, le rassura Frémont.

Il but une nouvelle gorgée et hocha la tête.

– Qu'est-ce qu'il fait chaud ! Vous savez, Charles, ce traité... Il faut le laisser où il est. Il porte une malédiction.

– Vous êtes sérieux ? s'étonna Éva.

– Jules Tailleroche n'y croyait pas... Mais un jour, votre fils a trouvé ce satané livre sur le bureau de son grand-père.

Frémont mit un instant à comprendre que César s'adressait bien à lui.

– Mon fils ? Julien ? demanda-t-il, stupéfait.

– C'était le 8 septembre 1984 très exactement.

Le visage de l'escroc s'assombrit.

– Julien est mort le lendemain...

– Je sais. C'est ce manuscrit qui a tué votre fils ! Tailleroche a vu clair à partir de ce moment-là, et il n'a plus jamais ouvert ce livre maudit.

André César vida son verre cul sec et soupira. Soudain, il parut plus vieux. Mais Éva revint à la charge.

– Mais le livre, qu'est-ce qu'il en a fait ?

– Il ne faut pas essayer de le retrouver, répondit le professeur d'une voix pâteuse.

– Il était peut-être avec d'autres manuscrits ? demanda à son tour Frémont.

– C'est ce livre qui est maudit. Il ne faut pas le tenir entre ses mains... Il ne faut même pas en parler...

Il commençait à divaguer. Éva perdit patience et saisit le vieil homme par le col de sa chemise.

– On s'en fout, de tout ça ! On veut savoir ce que Tailleroche en a fait !

César lui répondit par un rictus étrange, comme si la question l'amusait. Ses yeux roulèrent, puis sa tête s'affaissa d'un seul coup sur la table dans un bruit sourd.

– Et alors, qu'est-ce qu'il lui arrive ? Il a fait un malaise ? s'inquiéta Frémont.

Éva souleva la tête du professeur comme s'il s'agissait d'un pantin. Ses yeux étaient révulsés. Elle fit la grimace et posa son majeur sur la carotide. Puis elle secoua la tête, contrariée.

– Il est mort. Et merde !

– Vous en êtes sûre ? On devrait appeler le Samu, peut-être, non ?

– Inutile : il est mort, je vous dis. Juste quand il allait nous révéler la planque des manuscrits... Quelle poisse !

Même Frémont n'en revenait pas.

– Quelle *poisse* ? Mais c'est vous qui l'avez tué, avec vos produits !

– Qu'est-ce qu'on en sait ? De toute façon, ça ne sert à rien de faire un séminaire sur les causes de son décès, pas vrai ?

– C'est tout l'effet que ça vous fait ? Ce pauvre type est mort !

– Arrêtez le mélodrame, Frémont, ce n'est pas le moment : on a du boulot, avec ce cadavre sur les bras.

– Mais je n'ai rien à voir avec sa mort, moi !

– Sauf que vous étiez là. Et, avec toutes les casseroles que vous traînez, si la police se met à vous suspecter, c'est retour express en prison !

Frémont ne sut quoi répondre. Éva fouillait déjà les poches du cadavre.

– Des clés de voiture et un ticket de parking : parfait. On le descend et on l'installe gentiment au volant. Il aura fait une crise cardiaque en mettant le contact. Ça arrive, non ?

– D'accord. Je vous aide, et on s'oublie.

– Hors de question ! On fait équipe, pour le meilleur et pour le pire : je ne vous lâcherai pas tant que cette affaire ne sera pas terminée. Je vous l'ai dit, personne ne m'arrêtera. Alors, soit on gagne tous les deux, soit vous me faites perdre. Mais je vous jure qu'alors je vous entraîne avec moi en enfer.

– Vous êtes une malade !

« Vous ne croyez pas si bien dire », faillit répondre Éva. Mais elle s'abstint et déplia une couverture pour envelopper le corps du pauvre André César.

Le plan fonctionna à la perfection : la police conclut sans problème à une mort naturelle. Castelli mena cependant une enquête de routine. Comme le nom de Guillaume Leserman figurait sur l'agenda d'André César deux jours avant son décès, il crut bon de passer le voir.

– Malheureusement pour vous, j'ai un alibi en béton pour le soir où cet homme est mort. Je dînais à la pizzeria *Volare* avec Luna et mon fils. Vous n'avez qu'à vérifier !

– Inutile d'en rajouter, Leserman : je fais juste mon boulot. Le nom d'Anne Wilkinson vous dit-il quelque chose ? C'est le dernier rendez-vous inscrit sur le calepin de César.

– Jamais entendu parler.

Mais dès que Léo fut reparti, Nathan vint voir son père d'un air inquiet.

– J'ai rien dit devant le keuf, mais je connais une Anne Wilkinson. Toi aussi, d'ailleurs.

– Sans blague ?

– Tu te rappelles quand je t'ai raconté qu'Éva Cabestany avait plusieurs passeports ? Eh bien, l'un d'eux était au nom d'Anne Wilkinson.

Guillaume fonça prévenir Vincent : de toute évidence, l'archiviste se trouvait toujours à Marseille et cherchait à les doubler. Son comparse simula la surprise et parvint à le bluffer, mais Charlotte, qui avait assisté à la conversation, n'en crut en revanche pas un mot.

– Tu mens, Vincent : rien qu'à te regarder, je le sais, même si je n'ai rien dit devant Guillaume. C'est pathétique.

– C'est vrai que je savais qu'Éva était encore à Marseille. Mais elle m'a fait jurer de garder le secret. À cause de Guillaume, justement ! se défendit l'autre.

– Moi, je parierais que c'est plutôt pour pouvoir te revoir en secret !

– Non, Charlotte, non ! C'est pour pouvoir retrouver les manuscrits. Pour elle, c'est vraiment une question de vie ou de mort !

– Arrête de raconter n'importe quoi !

– Je te jure que c'est la vérité ! Elle est atteinte d'une maladie incurable. Elle n'en a plus que pour quelques mois, voire quelques semaines... et elle est persuadée que sa seule chance de survie se trouve dans un traité de médecine du XVIe siècle qui...

– Mais qu'est-ce que ça peut bien me faire ! hurla Charlotte.

Vincent était désespéré. Il sentait bien qu'à force de lui avoir menti sa compagne n'était plus du tout disposée à le croire.

– Charlotte, je te jure que...

– Tu as couché avec elle, n'est-ce pas ?

La question le prit au dépourvu. Le temps qu'il réfléchisse à sa réponse, son silence devint un aveu.

– Laisse-moi. Je ne veux plus te voir, laissa tomber Charlotte d'un ton glacial.

– Mais...

– Va-t'en !

Mieux valait battre en retraite. Vincent laissa Charlotte comme elle le demandait en se maudissant mille fois d'avoir, une fois de plus, cédé à ses vieux démons. En même temps, la mort d'André César le troublait... Il décida d'aller sur-le-champ en parler à Éva. Par la même occasion, il lui annoncerait qu'ils ne devaient plus jamais se revoir. Peut-être avait-il encore une chance d'obtenir le pardon de Charlotte : il ne souhaitait pas la gâcher.

Quand il quitta l'ancien appartement de Tailleroche, il ne se doutait pas que Guillaume l'avait suivi : celui-ci avait en effet conclu que, si Éva Cabestany se trouvait encore à Marseille, Vincent Chaumette avait de fortes chances d'être dans la combine. Il en avait maintenant la preuve. Il avait bien senti que cette femme exerçait une forte influence sur lui... Il s'occuperait de l'architecte plus tard ; dans l'immédiat, il comptait bien s'expliquer avec la jeune femme. Elle lui ouvrit la porte sans paraître très surprise.

– C'est Vincent qui m'a balancée ? C'est son cadeau d'adieu ?

– Je l'ai suivi jusqu'ici.

– Maintenant, vous savez où j'habite : très bien. Mais, si vous permettez, j'allais déjeuner.

Éva tenta de refermer la porte, mais Guillaume força le passage.

– Arrêtez votre cinéma et allez faire vos bagages. Je vous dépose au premier train pour Paris.

– Sans rire ! Et comment comptez-vous vous y prendre ?

– Je parie que ça passionnera la police de savoir que vous êtes cette Anne Wilkinson qui avait rendez-vous avec le professeur César.

– Il est mort d'une crise cardiaque, je vous le rappelle.

– Juste après vous avoir rencontrée. Ajoutez à ça vos faux passeports, vos mensonges concernant vos fonctions au musée... Je crois que vous avez le profil pour les intéresser au minimum le temps d'une garde à vue. Peut-être même que l'autopsie du latiniste donnerait des résultats intéressants, non ?

– Vous voulez vraiment jouer à ça ?

– Je ne joue à rien. Je me contrefous de savoir qui vous êtes et comment vous avez fait exploser le cœur de César, mais je refuse que vous vous mettiez en travers de ma route. Dans votre intérêt, foutez le camp !

– Désolée, Leserman. Non seulement je vais rester à Marseille et y mener la vie qui me chante, mais vous, vous allez la boucler.

– C'est vous qui me menacez, maintenant ? Je suis mort de peur.

Éva attendit un petit instant avant d'envoyer l'estocade.

– Vous voulez que tout le monde apprenne ce qui est réellement arrivé à la mère de Nathan ?

Guillaume en perdit la voix. Il fixa Éva avec stupeur, puis, très pâle, d'un pas mal assuré, il quitta l'appartement sans se retourner.

Leserman neutralisé, Chaumette hors jeu, Frémont sous sa coupe : Éva Cabestany avait dégagé son horizon pour parvenir à ses fins. Si le vieux César avait vécu ne serait-ce que cinq minutes de plus, elle aurait peut-être même déjà le traité de Sformo en sa possession. Il ne lui restait plus qu'à interroger... Jules Tailleroche, comme elle l'expliqua à Frémont, qu'elle appela tout de suite après la visite de Guillaume. Elle lui demanda de venir au plus vite et de lui apporter un objet ayant appartenu à son beau-père. Frémont, à peine arrivé, lui tendit de mauvaise grâce une chevalière.

– Ma femme me l'a donnée à la mort de son père. Je ne l'ai jamais portée.

– Ce sera parfait.

Frémont regarda autour de lui. Les volets étaient fermés, les rideaux tirés, et le salon était éclairé par une dizaine de bougies.

– On va jouer à l'exorciste ? demanda-t-il avec ironie.

– Arrêtez de ricaner et asseyez-vous là.

Elle désigna des chaises autour d'un guéridon. Il s'exécuta en maugréant.

– L'esprit de Tailleroche imprègne le moindre recoin de cet appartement, expliqua Éva. Je vais essayer d'entrer en contact avec lui.

– Personnellement, chaque fois que je suis venu ici, je n'ai jamais croisé de fantôme.

– C'est parce que vous aviez autre chose à faire. Nous allons poser les mains sur ce guéridon. Je vais me concentrer. Si je sens le contact, je poserai des questions. Surtout, pas de provocation : les esprits ne supportent pas qu'on les nargue. Vous avez bien compris ?

« Elle est complètement siphonnée », songea Frémont. Mais, au fond, il n'avait rien à perdre à se livrer à cette séance de spiritisme ridicule. Il fit donc ce qu'Éva lui demandait et posa ses mains sur la petite table. Le regard de la spirite se perdit dans le vague. Elle s'immobilisa totalement, et sa respiration se fit si silencieuse que son partenaire se demanda si elle ne s'était pas transformée en statue de cire. Au bout d'un temps qui lui parut fort long, elle se mit à parler.

– Esprit de Jules Tailleroche, es-tu là ? Si tu es là, frappe un coup.

Sa voix était légèrement altérée. Frémont étouffait un bâillement quand un bruit sourd se fit entendre.

– Il est parmi nous, souffla Éva.

– Bien sûr, rétorqua l'autre, agacé. Content de vous voir, Jules !

– Taisez-vous. Laissez-moi faire.

Il soupira.

– Esprit de Jules Tailleroche ! Un membre de la famille Frémont est-il le dépositaire du secret des manuscrits ?

Un nouveau coup se fit entendre. Frémont fronça les sourcils, intrigué.

– Est-il dans cette pièce ?

Deux coups rendirent une réponse négative.

– S'agit-il d'un homme ? continua Éva.

Deux coups.

– C'est sûrement ma femme ! intervint Frémont.

– Chut ! Esprit de Jules Tailleroche, s'agit-il d'Astrid ?

Deux coups.

– S'agit-il de Céline ?

Deux coups.

– C'est Juliette ! s'exclama Frémont.

– Est-ce bien elle ? demanda Éva, imperturbable.

Un coup pour répondre oui.

– A-t-elle conscience de ce secret ?

Deux coups.

– Qu'est-ce que ça veut dire, au juste ? Qu'est-ce que c'est que cette histoire avec Juliette ? C'est n'importe quoi !

Éva ne répondit pas tout de suite. Puis elle leva les yeux sur son partenaire.

– Il est parti. Vous avez été trop bavard.

– Arrêtez vos singeries ! Vous n'allez pas me faire croire à votre cirque !

– Vous avez entendu les coups, tout comme moi.

– Une tuyauterie bruyante, une bonne dose d'autopersuasion… Il y a toujours une explication à ce genre de phénomène !

– Croyez ce que vous voulez. En ce qui me concerne, j'irai interroger Juliette dès demain.

– C'est hors de question. Je vous interdis de l'approcher !

– Je ne crois pas que vous soyez en mesure de m'interdire quoi que ce soit. De quoi avez-vous peur ?

– Je vous ai vue à l'œuvre avec André César.

– Un vieil alcoolique au cœur usé. Rien à voir avec votre fille.

– Je vous préviens, espèce de folle : si vous faites du mal à Juliette, je suis capable du pire !

Éva sentit que Frémont ne plaisantait pas. Ça ne servait à rien de le crisper davantage.

– Très bien. Vous n'aurez qu'à l'interroger vous-même, alors.

Il acquiesça. Sans qu'il s'en doute, la jeune femme venait de marquer un nouveau point.

Juliette ne s'avéra pas d'une grande utilité. Elle se réjouissait que son père commence à retrouver la mémoire, mais ne puisait rien dans la sienne qui puisse ressembler à un quelconque secret confié par son grand-père.

– Mais pourquoi tu me demandes tout ça ? finit-elle par s'étonner.

– Je suis inquiet pour toi.

– C'est bien la première fois que tu te soucies de moi.

– Juliette ! Je n'ai pas toujours été à la hauteur, mais…

– Mais quoi ? Je suis devenue ta fille préférée, c'est ça ?

– En quelque sorte, oui.

Le ton de Frémont était si sincère et si grave que Juliette en fut émue.

– Tu vois qui est Éva Cabestany ? lui demanda-t-il encore.

– Celle qui traînait tout le temps avec Vincent Chaumette il n'y a pas si longtemps ?

– Exact. Elle te posera peut-être des questions à ce sujet. Dis-lui clairement que tu ne sais rien. Rien de rien. D'accord ?

– D'accord.

Juliette savait par Nathan qu'il fallait se méfier de cette femme mais ne comprenait pas bien quelle place elle occupait sur l'échiquier bizarre qu'était cette quête de vieux manuscrits. Elle jugea cependant opportun de relater la conversation qu'elle venait d'avoir à Guillaume Leserman. Il l'écouta attentivement, la remercia, puis à son tour la mit en garde.

– Méfie-toi de cette femme : elle est perverse et fondamentalement malhonnête. Tu dois te tenir à l'écart.

Ce deuxième avertissement en une seule journée aiguisa la curiosité de Juliette : quand Éva Cabestany la contacta, elle accepta immédiatement de la rencontrer. La jeune fille à peine arrivée chez elle, l'archiviste lui proposa sans détour de passer un marché. Elle jeta une liasse de billets sur le guéridon qui avait servi à la séance de spiritisme.

– Deux mille euros pour vous si on fait affaire, annonça-t-elle.

– À quel propos ? Vous avez besoin d'une baby-sitter ?

– Je ne plaisante pas. Je veux acheter... vos souvenirs.

– J'ai déjà répondu à mon père. Je ne me souviens de rien concernant ces damnés manuscrits. Mon grand-père ne m'a jamais confié aucun secret.

– Vraiment ? Je double mon prix : quatre mille euros. Une belle somme pour quelqu'un de votre âge, non ?

– Vous êtes bouchée, ou quoi ? Je n'ai pas de secret à vous vendre !

– Moi, je pense que si. Seulement, il doit être bien enfoui dans votre inconscient.

– Vous voulez m'hypnotiser, c'est ça ?

– J'utilise des méthodes plus fiables. Certains produits aident à lever les barrières de l'inconscient. Quatre mille euros contre une injection sans danger.

– Je vous emmerde.

– Ne soyez pas vulgaire : ça ne vous ressemble pas.

Juliette haussa les épaules avec dédain et ouvrit la porte de l'appartement. Éva la regarda s'éloigner.

– Vous avez tort de refuser cet argent. Vous finirez par parler. D'une manière ou d'une autre.

Juliette accéléra le pas. Cette femme la faisait flipper. Vraiment.

L'empoisonneuse 11

Quand Juliette raconta à Nathan son entrevue avec Éva, l'adolescent se mit à harceler son père : pourquoi cette sorcière n'avait-elle pas encore débarrassé le plancher ? Mal à l'aise, Guillaume prétendit que ce n'était pas si simple : avec une folle pareille, il ne fallait pas agir à l'emporte-pièce. Elle finirait bien par les laisser tranquilles ! Surtout, il recommanda une nouvelle fois à son fils de s'en tenir éloigné.

Les tergiversations de Guillaume, qui ne pouvait pas dire qu'Éva le faisait chanter, provoquèrent l'effet contraire de celui escompté : par défi autant que par agacement, Nathan se rendit chez Éva et la somma de laisser Juliette en paix. La jeune femme le reçut avec une affabilité sarcastique, avant de laisser entendre au gamin qu'elle avait justement prévu d'exaucer son vœu : elle était fatiguée de Marseille et de ses nombreuses embrouilles… Ceci permit à Nathan, de retour place du Mistral, de fanfaronner auprès de Juliette sur les effets de son intervention.

– La blondasse va te laisser tranquille, maintenant : garanti sur facture ! triompha-t-il.

– Ton père est allé lui parler ? demanda sa copine.

– Pas mon père. Moi.

– Quoi ? Mais elle est dingue ! Elle aurait pu te...

– Me kidnapper ? Me flinguer et se barrer en courant ? Elle la ramène, comme ça, mais c'est du pipeau, je te le dis.

– Tu lui as fait peur, c'est ça ? rigola Juliette.

– Disons que... elle a compris qu'elle n'arriverait à rien en restant ici. Alors elle dégage. Peut-être qu'elle a quand même un plan B ?

– Mon père le craint, et elle fait flipper le tien... À vrai dire, j'ai du mal à croire que, tout d'un coup, elle abandonne le terrain.

– On s'en fout, du moment que...

Soudain, Nathan fut pris d'un hoquet. Surpris, il regarda Juliette... et s'effondra à ses pieds, pris de convulsions. Son amie poussa un cri et, alors que le garçon perdait connaissance, Roland sortit en courant de son bar.

– Votre fils a été empoisonné, annonça le médecin à Guillaume.

– Quoi ? Mais comment est-ce possible ?

– Nous n'en savons rien. C'est justement ça, le problème. Le gros problème.

Le toubib avait l'air accablé. Guillaume ne comprenait rien. L'hôpital était pourtant l'un des centres antipoison les plus réputés de France.

– Que voulez-vous dire exactement ?

– Nous savons ce qui est en train de se passer dans l'organisme de Nathan, mais nous ne connaissons pas la nature du poison. Donc, il nous est impossible de lui donner un antidote. Pour résumer, le principe actif de ce poison est inconnu de nos bases de données. Nous avons demandé de l'aide à d'autres centres, mais nous sommes pris par le temps...

– Mais Nathan s'est évanoui pendant à peine quelques minutes ! Depuis qu'il a repris connaissance, il se plaint seulement d'être un peu engourdi. Et vous me dites que c'est grave ?

– Monsieur Leserman, votre fils est engourdi car le poison s'attaque aux muscles et aux articulations. Si nous ne lui donnons pas d'antidote, la situation risque de se dégrader, entraînant une paralysie progressive du système nerveux et du cœur. Vous me comprenez ?

– Vous êtes en train de me dire que Nathan est en danger... de mort ?

– Sa situation est... très préoccupante.

Guillaume reçut comme un coup de poing dans le ventre.

– Nous faisons tout pour retarder la dispersion de la substance dans son organisme. Mais nous ne pouvons que soulager sa douleur. Vous devez l'interroger sur les heures qui ont précédé son malaise, reconstituer minute par minute ce qu'il a fait. Le moindre détail a son importance pour nous aider à identifier la source de l'empoisonnement. Il nous faut vraiment trouver l'antidote.

Guillaume, sonné, retourna auprès de son fils en essayant d'analyser ce que lui avait dit le médecin. Nathan était pâle, certes, mais ne paraissait pas gravement atteint.

– Alors ? Qu'est-ce que j'ai exactement ? demanda-t-il.

– Ils sont en train de faire des analyses. C'est compliqué... Pas grave, mais compliqué.

– Ne me raconte pas de conneries, papa. Je vois bien que tu flippes.

Guillaume maudit ses piètres talents de comédien, mais se ressaisit.

– Nathan, ça aiderait les médecins de savoir comment c'est arrivé. Tout compte : ce que tu as fait, et avec qui, et aussi ce que tu as mangé…

– Je t'ai déjà dit… Rien de spécial… Comme d'hab', quoi !

– Non, Nathan, ça ne peut pas être « comme d'hab' ». Il s'est forcément passé un truc. Tu dois me le dire. S'il te plaît. C'est vraiment important.

– Je suis allé… chez Éva Cabestany, avoua son fils du bout des lèvres.

– Quoi ? Mais qu'est-ce que tu es allé faire là-bas ?

– Je voulais qu'elle foute la paix à Juliette. Comme je savais que tu n'allais pas apprécier, je ne t'ai rien dit.

– D'accord, d'accord. Je ne te fais pas de reproches. Est-ce qu'elle t'a donné quelque chose à boire, à manger ?

– Rien ! J'aurais refusé, de toute façon.

– Réfléchis : il ne s'est rien passé de spécial ? Même un détail ?

– Il y a peut-être un truc. Au moment où je partais, elle a posé sa main sur mon épaule. En la retirant, elle m'a griffé avec sa bague – une grosse bagouze un peu pointue. Mais sans le faire exprès, hein ! Ça arrive parfois avec les bijoux, tu sais. Rien de très *space* !

Mais Guillaume n'était pas du tout de cet avis. Il bondit pour informer le médecin en même temps qu'il composait le numéro de Léo Castelli.

L'état de Nathan se dégrada d'heure en heure. Castelli courut à l'appartement qu'Éva Cabestany occupait, mais celle-ci, naturellement, l'avait déjà quitté. Il diffusa le signalement de l'empoisonneuse à tous les services de police. Les médecins, de leur côté, demandèrent de l'aide à des hôpitaux étrangers spécialisés, mais sans résultat. L'épaule qu'Éva avait griffée était maintenant complètement paralysée, preuve que c'était bien par là qu'elle avait inoculé le produit toxique.

La nouvelle se répandit comme une traînée de poudre dans le quartier du Mistral, et tout le monde exprima sa compassion. Vincent, lui, se sentait doublement coupable : à cause de ses conneries, il avait perdu la femme qu'il aimait et contribué à l'empoisonnement d'un gamin ! Il se haïssait. Quant à Rachel, elle ne comprenait pas pourquoi le sort s'acharnait sur sa famille. Elle venait à peine de rencontrer Nathan qu'on voulait déjà le lui enlever ! L'arrivée de son petit-neveu représentait une revanche de la vie sur ce que les nazis lui avaient pris. Et voilà que la vie, justement, quittait lentement ce corps désormais presque immobile. La vieille dame décida de ne plus quitter son chevet, déployant une énergie extraordinaire pour qu'il ne se laisse pas sombrer.

– Je n'ai pas peur de mourir, disait Nathan. Je me sens comme dans du coton... C'est pas désagréable, tu sais.

– Mon petit bonhomme, maintenant, tu arrêtes avec ton coton et tu restes avec moi ! répétait inlassablement Rachel.

Au désespoir, Guillaume finit par avouer à Luna qu'en plus d'avoir empoisonné le fils Éva faisait chanter le père.

– Elle sait que... la mère de Nathan est vivante.

– Quoi ? Alors que lui croit qu'elle est morte ?

– Je compte lui avouer la vérité. En fait, je vais lui donner une lettre qu'elle vient de m'envoyer. Du Népal...

– Une lettre ? Mais qu'est-ce qu'elle fait au Népal ? Et pourquoi elle ne rentre pas, alors que son fils se bat contre la mort ? Et comment se fait-il qu'elle ait ressuscité ?

– Je vais tout t'expliquer...

Et Guillaume raconta à Luna l'histoire de Sophie. Pendant des années, lui-même avait cru qu'elle était morte dans un accident de montagne dans l'Himalaya. Mais, il y a trois ans, des alpinistes jurèrent l'avoir reconnue dans un monastère tibétain. Guillaume remua ciel et terre pour retrouver sa trace et finit par entrer en contact avec elle. Sophie lui expliqua alors le traumatisme qui l'avait amenée à renoncer à son fils et à se retirer du monde.

– Elles étaient deux lors de l'accident. Sa meilleure amie était encordée à elle. Elle a dévissé sur une paroi verticale et s'est retrouvée suspendue dans le vide, retenue uniquement par la corde qui la reliait à Sophie.

Pendant des heures, celle-ci essaya de remonter son amie, mais n'y parvint pas. À la fin, alors que ses forces l'abandonnaient, le choix terrible se posa : basculer dans le vide avec sa partenaire ou... couper la corde pour qu'au moins l'une des deux survive.

– Quelle horreur, murmura Luna.

– Sophie a cru devenir folle. La seule façon de s'en sortir, c'était de faire table rase du passé. Changer de vie en se retirant du monde. Quand j'ai appris toute cette histoire, j'ai voulu préserver Nathan. Il avait mis deux ans à faire son deuil ; je ne pouvais pas lui annoncer qu'en fait sa mère était vivante mais qu'elle ne voulait pas le voir ! Dès que j'ai compris que la situation de Nathan était grave, j'ai contacté Sophie par l'intermédiaire de l'ambassade de France. Je pensais qu'elle viendrait... mais elle m'a juste faxé cette lettre.

– Alors tu dois la donner à ton fils.

– Mais j'ai peur que son contenu l'enfonce encore un peu plus. Dans son état... Je n'ai pas le courage de lui faire subir cette épreuve. Pas maintenant...

Guillaume se réfugia dans les bras de Luna pour pleurer. Il n'aurait jamais cru ressentir un jour une telle peur... et un tel sentiment d'impuissance.

Puis Nathan tomba en léthargie, et les médecins déclarèrent que son pronostic vital était engagé. Guillaume prévint Juliette, qui se précipita à l'hôpital. Alors qu'elle s'apprêtait à entrer dans la chambre du malade, son portable sonna : c'était Éva.

– Espèce de salope ! Si je vous retrouve, je vous étrangle ! cracha-t-elle sans détour.

– Alors le marché que je vous propose ne sera plus possible, répondit l'autre tranquillement.

– Quel marché ?

– Toujours le même, mais cette fois-ci c'est la vie de Nathan qui est en jeu. Vous me laissez sonder vos souvenirs et je transmets la composition du poison à l'hôpital. D'après mes calculs, votre copain n'en a plus pour très longtemps : il faut vous décider maintenant.

Quand Juliette entra dans la chambre, Nathan était toujours veillé par sa grand-tante, qui paraissait avoir vieilli de dix ans. Guillaume faisait le point avec les médecins.

– Il ne se réveille plus que par moments, et il peut à peine parler, expliqua Rachel. C'est terrible de rester ici sans pouvoir rien faire...

Juliette lui proposa d'aller un peu prendre l'air, et resta seule avec son copain.

– Nathan... Nathan... C'est Juliette. Tu m'entends ?

Mais le garçon ne réagit pas.

– Je suis sûre que tu m'entends, poursuivit la jeune fille. Tu dois t'accrocher ! Tiens le coup, je t'en supplie ! Je vais te sortir de là, fais-moi confiance. Mais ne lâche pas !

Juliette considéra Nathan. L'avait-il entendue ? Elle lui caressa la joue, puis quitta rapidement sa chambre. Il n'y avait pas de temps à perdre.

La jeune fille retrouva Éva à l'endroit convenu, puis fut entraînée dans une chambre d'hôtel à la périphérie de Marseille. L'empoisonneuse lui fit une injection et commença son interrogatoire. Mais les heures passèrent sans aucun résultat. Le produit faisait remonter à la surface des dizaines de souvenirs, mais sans le moindre rapport avec le manuscrit de Louis Sformo. La bouche pâteuse, Juliette ressassait des anecdotes de tours de manège et de goûters en compagnie de son grand-père, qui commençaient à exaspérer Éva. Celle-ci décida donc d'augmenter la dose du sérum de vérité – certes au risque de provoquer un accident cardiaque, mais elle n'avait pas le choix : il fallait que cette gourde de Juliette crache le morceau !

– J'ai la tête qui tourne, se plaignit la victime après la troisième injection. Je manque d'air. Vous ne pourriez pas ouvrir la fenêtre ?

Comme elle paraissait vraiment mal en point, Éva céda à sa demande : ce n'était pas le moment qu'elle lui claque entre les doigts ! Mais alors... Juliette rassembla toutes ses forces pour bondir, écarta violemment sa tortionnaire et monta sur le rebord de la fenêtre, où elle s'assit dans un équilibre précaire.

– Si vous vous approchez, je saute ! cria-t-elle.

– Mais à quoi tu joues ? Tu es folle !

– Vous allez appeler l'hôpital et donner la composition du poison. Tout de suite, ou alors je me fous par la fenêtre !

– Tu n'en auras pas le courage, répondit froidement Éva.

– Je suis à deux doigts de l'évanouissement à cause de votre produit. J'ai juste à me laisser partir...

Juliette leva les bras en l'air. Elle tenait à peine en équilibre. Son regard était flou. Elle se balança légèrement d'avant en arrière. Elle pouvait basculer à tout instant dans le vide...

À l'hôpital, Guillaume, Rachel et Luna veillaient Nathan, très pâle et désormais parfaitement immobile. Seuls les écrans du monitoring indiquaient qu'il était encore en vie.

Guillaume, surtout, ne parvenait pas à détacher son regard du signal lumineux qui oscillait au rythme des battements du cœur de son fils, terrifié à l'idée que le tracé deviendrait plat d'une seconde à l'autre... Mais un médecin entra en trombe dans la chambre, suivi d'une infirmière portant une poche à perfusion.

– On vient de recevoir la composition du poison ! lança-t-il.

– Vous avez l'antidote ?

– Le labo est en train d'élaborer un protocole : ça va prendre vingt minutes. Mais on a déjà un premier indice !

L'infirmière plaça la perfusion selon les instructions du docteur.

– Il va s'en sortir, c'est ça ? demanda Rachel, pleine d'espoir.

– Je l'espère autant que vous !

Juliette était tombée... dans les bras d'Éva, alors qu'elle venait de transmettre à l'hôpital la composition du poison. Sans répit, l'interrogatoire avait repris, avec la même question obsessionnelle et les mêmes réponses anodines, interrompu à plusieurs reprises par des malaises grandissants. Éva multipliait les injections, et jamais la jeune fille ne s'était sentie aussi mal. Elle se demandait si l'on ressentait ce genre de choses au cours d'une overdose...

– Vous allez me tuer avec vos produits, balbutia-t-elle.

– Dis-moi ce que je veux savoir et je m'arrête. Je ne tiens pas à te faire mourir, tu sais.

– Parfois, on tue indirectement... Comme papy avec mon frère... À cause du livre... Il me l'a dit...

Éva sauta sur Juliette, l'œil brillant.

– Et qu'est-ce qu'il t'a dit d'autre ?

– Papy avait surpris Julien avec le traité de Sformo... Après, mon frère est tombé dans la piscine, alors papy s'est débarrassé du livre maudit... Il l'a caché pour que personne ne le retrouve... Plus jamais...

– Où, Juliette ? Réfléchis à ce que ton grand-père t'a raconté !

– Là où Julien adorait jouer, personne n'ira chercher... C'est ce qu'il m'a dit un jour.

– Et où ton frère adorait-il jouer ?

– Je n'en sais rien... Il est mort avant ma naissance... Il est loin, Julien... Il vole...

Juliette commença à divaguer. Éva la regarda en secouant la tête. Il n'y avait plus rien à en tirer : il fallait changer de cible. Elle prit son téléphone et appela Charles Frémont.

Quand Nathan revint à lui, il fut surpris par le bonheur de Guillaume et de Rachel, et par le soulagement étonné des médecins. Il ne se souvenait plus des dernières heures, si ce n'est qu'il avait beaucoup rêvé. Maintenant, il avait surtout une faim de loup. Il devrait encore rester quarante-huit heures en observation mais, de toute évidence, il n'y avait plus rien à craindre. Comme son père et sa grand-tante n'arrêtaient pas de le caresser, de l'embrasser, de lui demander comment il se sentait, il finit même par craquer.

– Lâchez-moi un peu ! On dirait un plan « gouzi-gouzi-mon-bébé » ! D'accord, j'ai failli y passer, mais c'est pas une raison !

– Si, au contraire, rétorqua Rachel. Un miracle, ça se fête !

– C'est pas un miracle ! C'est grâce à Juliette : elle m'a dit qu'elle allait me sortir de là, répondit Nathan le plus naturellement du monde.

Puis Guillaume demanda à sa tante de bien vouloir le laisser seul avec son fils.

– Nathan, après ce qui s'est passé, j'aimerais que toi et moi, nous...

Il cherchait ses mots.

– T'aimerais qu'on reparte d'un meilleur pied ? Tu m'étonnes ! Moi aussi, tu sais !

– Ah ! C'est la plus belle chose que j'ai entendue aujourd'hui ! Après « votre fils est hors de danger », bien sûr.

Père et fils s'étreignirent, sans gêne et sans retenue, pour la toute première fois. Guillaume décida de continuer à jouer franc-jeu.

– Il y a autre chose. Pendant que tu étais malade, j'ai reçu une lettre pour toi.

Il tendit une enveloppe à l'adolescent, surpris.

– C'est de qui ?

– De ta mère.

– Quoi ? Mais... C'est quoi, ce délire ?

– C'est une longue histoire. Une longue et douloureuse histoire...

Sous le regard grave de son fils, Guillaume se lança.

Au même moment, Éva Cabestany et Charles Frémont procédaient à un échange. La première voulait savoir quel était le lieu où Julien préférait jouer, et le second attendait l'adresse où il pourrait retrouver Juliette.

– Quand il était petit, Julien adorait aller au parc Borély, confessa Frémont.

– Vous avez intérêt à être plus précis.

– Il passait des heures sur la plage de sable au pied du kiosque à musique. Il voulait toujours aller là, quoi qu'on lui propose.

– Parfait. Juliette est à l'hôtel *Saturne*, zone d'activités nord, chambre 613. Ce fut un plaisir, Frémont.

Éva lui tourna le dos et commença à s'éloigner.

– Pas si vite, dit Frémont d'un ton glacial.

La jeune femme fit volte-face. Il pointait un revolver.

– Allons… Vous êtes un voyou, pas un meurtrier, dit-elle sur un air de défi.

Frémont ne répondit pas. Il appuya à deux reprises sur la détente. Éva s'écroula.

– Sauf quand on touche à ma fille, murmura-t-il avant de s'engouffrer dans sa voiture.

Dès que Céline lui confirma que Juliette était saine et sauve, Charles Frémont, à la grande stupéfaction du capitaine Castelli et du lieutenant Barrel, se présenta au commissariat pour s'accuser du meurtre d'Éva Cabestany et se constituer prisonnier. Les policiers l'accompagnèrent donc sur les lieux du crime et constatèrent… qu'il n'y avait pas de cadavre.

– Pas de corps, pas de traces de sang : vous n'avez rien trouvé de mieux pour vous foutre de notre gueule ? s'énerva Léo.

– Je vous jure que je lui ai tiré dessus à bout portant ici même, il y a moins d'une heure. Je vous ai remis mon arme, capitaine : vous avez bien vu qu'elle venait de servir ! répondit Frémont.

– Pas de cadavre, pas de meurtre, soupira le flic.

– La garce devait porter un gilet pare-balles ! s'exclama le meurtier sans victime.

– N'empêche : le résultat est le même, souligna Nicolas.

– Vous devriez vous faire soigner, ajouta Léo, très las.

– Mais je vous assure que je dis la vérité !

– Écoutez, on va retourner au commissariat pour mettre toute cette histoire à plat. Et si vous insistez vraiment, peut-être qu'on vous placera en garde à vue, juste pour vous faire plaisir !

– Mais pendant ce temps-là Éva Cabestany est en train de s'échapper ! Il faut aller au parc Borély : vous pourrez la cueillir au kiosque à musique ! supplia Frémont.

– Au théâtre Guignol, vous voulez dire ! Allez, au poste !

Frémont avait vu juste. La jeune femme avait parié qu'après leur échange il ne la laisserait pas partir vivante – d'où le gilet pare-balles. Elle s'était relevée, certes un peu titubante à cause de l'impact des balles, mais triomphante : le manuscrit qui lui sauverait la vie était désormais à portée de sa main.

L'ultime piège 12

D'une manière aussi inattendue que paradoxale, ce fut Céline Frémont qui apporta le coup de pouce décisif dans la quête du trésor du Mistral. Son père se lamentait d'avoir laissé filer Éva Cabestany et ruminait son échec sur toute la ligne.

– Elle a failli tuer Juliette et, à l'heure qu'il est, non seulement elle n'a pas encore été arrêtée, mais elle doit se trouver bien loin et savourer son triomphe.

– Elle est peut-être loin, mais pour ce qui est de son triomphe, ça m'étonnerait fort, déclara Céline.

– Qu'est-ce que tu veux dire ?

– Ça n'a plus d'importance, maintenant. Tu dois oublier toute cette affaire, qui a déjà fait assez de dégâts comme ça.

Frémont insista pour en savoir davantage, intrigué par l'air mystérieux de sa fille. Mais elle ne céda pas. Plutôt que de s'expliquer avec son père, elle attendit sagement qu'il parte pour contacter Guillaume et Rachel et leur demander de passer chez elle de toute urgence. Elle possédait probablement, leur dit-elle, la réponse aux questions qu'ils se posaient sur les manuscrits.

– Mon grand-père était un salaud doublé d'un voleur, certes. Mais il n'était pas stupide au point d'enterrer son butin dans un jardin public, commença-t-elle.

– Pourtant, d'après la police, quelqu'un a effectivement creusé au pied du kiosque à musique du parc Borély la nuit dernière, intervint Guillaume.

– Si c'est Éva, elle a dû se fatiguer pour rien.

– Bon. Et alors, d'après vous, ils sont où, mes manuscrits ? s'impatienta Rachel.

– Là où mon frère et moi adorions jouer, ce n'était pas au parc, mais dans le grenier de notre maison. Nous y avions créé notre univers à nous, avec des personnages et des histoires que nous inventions sans cesse.

– Mais Vincent Chaumette a déjà fouillé ce grenier, rappela Guillaume.

– Il ne risquait pas d'y trouver quoi que ce soit : les combles ont été entièrement réaménagées il y a quelque temps, leur apprit Céline.

– Donc, tout a été perdu, conclut tristement Rachel.

– Non. Le grenier était notre terrain de jeu, mais les personnages qui le peuplaient sortaient d'un coffre. Le coffre à jouets de Julien. Le voici...

Céline désigna dans un coin de son salon une malle en bois, aussi volumineuse qu'ancienne.

– Quand j'ai quitté la maison, j'ai emporté le coffre en souvenir, poursuivit-elle en l'ouvrant.

Elle commença à sortir de vieux jouets avec l'aide de Guillaume. Celui-ci frappa le fond du meuble avec son poing.

– Il y a un double fond !

– Allez-y, encouragea Céline.

Il parvint rapidement à ouvrir le double fond. Des rouleaux de parchemin et des livres reliés très anciens y reposaient. Tous les trois contemplèrent leur découverte sans oser y toucher.

– C'était donc chez vous depuis le début ! souffla Rachel, incrédule.

– Mais jusqu'à ce matin, je l'ignorais, corrigea Céline.

Avec une précaution infinie, Guillaume se saisit d'un livre à la couverture rouge, un peu plus grand que les autres. Il lut à voix haute le nom de l'auteur : Louis Sformo.

Depuis que Nathan avait appris la vérité sur sa mère, il n'arrêtait évidemment pas d'y penser. Il ruminait ce qui lui était incompréhensible : comment une mère pouvait-elle partir au bout du monde et abandonner son enfant, comme ça, du jour au lendemain ? Certes, elle lui expliquait dans sa lettre à quel point elle s'était sentie indigne de vivre après la mort de son amie, et combien elle l'aimait... Rien n'y faisait : Nathan se sentait à la fois abattu, dépassé et en colère.

La découverte du trésor eut un mérite : celui de le sortir de ce questionnement morbide – même s'il ne manqua pas d'exprimer sa déception devant ce que ramenèrent son père et sa grand-tante.

– Vous êtes sûrs qu'il n'y a vraiment que des vieux bouquins ? demanda-t-il avec une lueur d'espoir.

– Il n'a jamais été question d'autre chose. Tu t'attendais à quoi ? À une console de jeux ? À un baladeur MP3 ? railla Guillaume.

– Il aurait pu laisser deux ou trois pièces d'or, répliqua Nathan. Ou des trucs un peu plus rigolos !

– Pour ce qui est du rigolo, le consola Rachel, on a ce qu'il faut : le livre de Sformo...

– Fais voir ! s'impatienta l'adolescent.

Guillaume lui tendit le vieux grimoire. Il l'ouvrit avec

respect et tomba sur la première page... en latin.

– Oh non ! Déjà que je suis nul en anglais !

– Je vais la faire traduire au plus vite, promit son père.

Nathan tourna la page, puis la suivante et celle d'après, et, avec un regard mêlé de surprise et de déception, feuilleta de plus en plus vite le traité de médecine.

– Elles sont toutes blanches, ces pages ! C'est quoi, ce plan ? s'exclama-t-il.

– C'est bien là une nouvelle énigme, reconnut Guillaume.

– Il ne l'aurait pas écrit à l'encre invisible, par hasard ?

– J'ai déjà contacté un laboratoire pour faire analyser le livre. S'il y a quelque chose de secret dans ces pages, nous le saurons.

– Moi, je trouve que Louis Sformo nous donne une leçon de sagesse, intervint Rachel. Avec ces pages blanches, il nous dit peut-être que tout ce que l'homme croit savoir n'est rien, en réalité.

– Ça m'étonne. Le vieux Tailleroche était fasciné par ce traité : il doit bien contenir quelque chose, répliqua son neveu.

– Et Éva a failli me tuer pour l'obtenir, rappela Nathan.

Mais l'analyse du laboratoire ne révéla rien du tout. Ce n'était rien d'autre que du papier vierge... Traduit, le texte de la première page indiquait : « Ci-après se trouve la somme de toutes les connaissances accumulées par Louis Sformo durant sa vie. » Guillaume irait prochainement apporter les manuscrits au musée d'Histoire sacrée, qui peut-être trouverait la clé de l'énigme – si tant est qu'il y en ait une.

Nathan, lui, ne s'avoua pas vaincu. L'idée qu'on ait pu l'empoisonner pour un bouquin vide le rendait fou, et il passa des heures à imaginer toutes sortes de codes secrets pour percer le mystère de ce livre. La question l'obsédait. Même lors de ses retrouvailles avec Juliette, il assomma la jeune fille de toutes ses théories sur ce manuscrit maudit.

– J'ai essayé de tourner la traduction du texte de plein de façons possibles : un mot sur deux, un mot sur trois, un mot sur dix... J'ai aussi tout réécrit à l'envers. Et j'ai pris le premier mot suivi du dernier suivi du deuxième... et ainsi de suite. Tu vois le genre ? Rien. Nada. Macache. Ce mec était plus qu'un alchimiste : c'était le plus grand preneur de tête de l'univers ! Le roi de l'embrouille !

– Mais Rachel a peut-être raison, commenta Juliette. C'est sûrement une sorte de gag.

– Cette tarée d'Éva Cabestany ne m'a pas empoisonné à cause d'un gag ! Tu l'as peut-être oublié, mais l'humour, c'était pas son truc !

– Ça, je ne l'ai pas oublié, ça ne risque pas, non ! Ça me rend malade qu'on ne l'ait pas arrêtée, alors inutile de me remettre cette foldingue en tête, s'il te plaît !

– Pardon. Je te cherche alors que c'est grâce à toi que...

– Chut... Tu m'as déjà remerciée quarante mille fois : c'est bon.

– En tout cas, ce bouquin-là m'énerve, mais à un point !

– Ça, on avait compris ! Vivement que ton père le rapporte au musée : tu commences à devenir gonflant ! railla gentiment Juliette.

L'opiniâtreté de Nathan finit pourtant par porter ses fruits. La veille de son départ à Paris, Guillaume reçut la visite de Vincent – qui, honteux, avait préférer laisser passer un peu de temps après la sortie de l'hôpital de l'adolescent.

– Je me sens tellement coupable de tout ce qui s'est passé... Sans ma faiblesse, on aurait mis Éva hors d'état de nuire beaucoup plus vite. Quand je pense que Nathan aurait pu... C'est impardonnable, confessa l'architecte avec gravité.

Mais Guillaume avait déjà passé l'éponge sur les incartades de son partenaire.

– Tout le monde a droit à l'erreur. Éva Cabestany vous a piégé. Mais, maintenant, Nathan va très bien et nous avons retrouvé les manuscrits : il faut tourner la page. Et vous, vous avez payé votre légèreté avec Charlotte.

– Je lui ai fait du mal. J'ai vraiment cru la perdre, mais...

– Elle vous a pardonné ?

Vincent acquiesça.

– Les blessures sont encore vives. Mais nous allons essayer de les dépasser.

– J'en suis très heureux pour vous.

Nathan interrompit les deux hommes.

– Papa ? Tu peux venir voir ? J'ai trouvé... un truc bizarre.

– Mon fils est persuadé que le texte de Sformo comporte un secret, et il s'est mis en tête de le percer, expliqua Guillaume à Vincent.

Nathan réagit immédiatement à l'ironie de son père.

– C'est vrai, ça me fout les boules d'avoir failli mourir pour un vieux bouquin plein de pages blanches ! La Cabestany ne m'a pas empoisonné pour un truc aussi bidon, c'est pas possible !

Vincent et Guillaume hochèrent la tête : l'argument de l'adolescent ne manquait pas de bon sens. Tous deux se penchèrent sur son travail. Le garçon avait tracé des traits sur une copie de la page en latin. D'autres photocopies gribouillées s'entassaient sur la table.

– J'ai d'abord pensé qu'il y avait un code secret avec les mots, commença le jeune chercheur. Mais, ensuite, je me suis dit que ce code était peut-être graphique... et j'ai pensé aux boîtes de corn-flakes.

Guillaume et Vincent échangèrent un regard dubitatif.

– Quand j'étais petit, poursuivit Nathan, je m'amusais à

relier les lettres identiques sur les boîtes de céréales : ça faisait des dessins... Le texte commence par un énorme A majuscule, tracé en lettres d'or ; alors, j'ai eu l'idée de relier tous les *a* entre eux...

– Ça ne ressemble pas à grand-chose, ton dessin.

– Mais là, insista l'adolescent, derrière la ligne qui relie tous les *a*, on distingue un *x* un peu plus grand que les autres. Comme une croix.

Vincent s'empara du papier et passa un feutre rouge sur les traits crayonnés par Nathan.

– Il a raison, dit-il avec une pointe d'admiration. On dirait une carte. Une carte côtière, plus exactement.

– Et le *x* serait...

– ... l'emplacement du trésor, bien sûr ! triompha Nathan.

Ils se précipitèrent chez Vincent. L'architecte fit un calque du tracé de Nathan et procéda à des agrandissements et à des impressions des cartes du littoral méditerranéen. Il fit ensuite une dizaine de comparaisons, jusqu'à obtenir une correspondance parfaite entre les deux documents. Enfin, il ne lui resta plus qu'à établir les coordonnées géographiques exactes, avec l'aide de son ordinateur.

– Allons-y ! s'excita Nathan.

– Nous, nous y allons, corrigea Guillaume. Toi, tu rentres à la maison.

– Quoi ? Mais c'est dégueulasse ! C'est grâce à moi si on trouve le trésor !

– Mon fils, tu as été génial. Mais là, c'est à nous de jouer.

Guillaume ne céda pas, et l'adolescent, la mort dans l'âme, regarda partir les deux hommes...

Sur place, ils découvrirent un ancien terrain militaire, fermé par une grille rehaussée de fil de fer barbelé. Vincent soupira, déçu. Guillaume, lui, repartit vers sa voiture et en tira une énorme pince et deux pelles.

– Vous êtes drôlement équipé, s'étonna l'architecte.

– Ça fait partie de mes outils professionnels, se justifia Guillaume, qui, avec dextérité, découpa un passage dans la grille. À vous de jouer avec le GPS, maintenant.

Au point désigné par le plan de Nathan, ils creusèrent une grande partie de l'après-midi – mais sans succès. Éreintés, les mains couvertes d'ampoules, ils s'apprêtaient à renoncer quand Guillaume toucha quelque chose au fond du vaste trou.

– Je sens quelque chose !

Vincent vint l'aider à dégager l'endroit et, au bout de quelques minutes, ils aperçurent… le dessus d'une malle.

– Bingo ! s'exclama Guillaume.

Ils réussirent à sortir la malle – qui leur parut peser une tonne – et, en soufflant, la posèrent à leurs pieds.

– Il n'y a plus qu'à trouver le mécanisme, déclara Vincent en observant la serrure.

– Attendez. Je vais chercher quelque chose pour sonder : le coffre est peut-être piégé. Ce ne serait pas la première fois !

Guillaume se retourna, et s'immobilisa aussitôt. Une silhouette lui barrait la route. Malgré la perruque brune et les lunettes noires, Vincent reconnut tout de suite la femme qui les menaçait avec un petit pistolet automatique.

– Éva !

– Et merde ! On s'est fait avoir comme des bleus : cette salope nous a suivis, se désola Guillaume.

– Vous avez de la chance : j'ai encore besoin de vous, répondit Éva. Sans ça, je vous aurais explosé le genou. Je déteste la grossièreté, vous ne le saviez pas ?

– La police sait que nous sommes ici, tenta Vincent.

– Bien sûr ! J'entends même les sirènes ! Je vous ai connu plus… imaginatif, Vincent. Faites quelques pas derrière le coffre. Tous les deux.

Sous la menace de l'arme, Vincent et Guillaume reculèrent de quelques mètres. Le premier sortit discrètement son téléphone portable. Le second comprit qu'il devait gagner du temps et capter l'attention d'Éva qui, tout en les tenant en joue, se pencha sur le coffre.

– Voyons donc pourquoi Sformo avait prévu un si grand coffre pour un simple manuscrit...

– À votre place, je ne l'ouvrirais pas, prévint Guillaume.

– Je vous en prie, Leserman. Vous allez me parler de la malédiction ? Mais je ne suis pas Jules Tailleroche, moi ! Et je vais vous dire : même s'il y a des objets précieux là-dedans, je m'en fous. Seul le livre m'intéresse.

– La place de ce manuscrit est dans un musée. Vous pillez le patrimoine de l'humanité.

– Quelle humanité ? Celle qui n'est pas capable de me guérir, de me sauver ? Celle qui se contrefout des gens comme moi parce que nous sommes trop rares dans notre malheur ? Je l'emmerde, votre humanité !

– Je croyais que vous détestiez la grossièreté.

– La ferme ! Assez discuté. Je n'ai pas l'intention de m'éterniser : pour moi, chaque seconde compte.

Joignant le geste à la parole, Éva posa son arme et actionna brutalement la poignée du coffre. Un petit déclic se fit entendre. Puis un hurlement. Incrédule, la jeune femme regarda ses deux mains ensanglantées et se releva, titubante. Vincent se précipita vers elle et la recueillit dans ses bras. Il l'allongea du mieux qu'il put et enveloppa ses mains mutilées dans sa chemise. Guillaume s'était emparé du téléphone et parlait avec Castelli.

– Vincent... J'ai la vue qui se trouble... Je me sens très mal...

– Restez calme, et tout va bien se passer.

– La police nous envoie le Samu, annonça Guillaume.

Mais Éva ne paraissait pas entendre. Elle regarda Vincent.

– On pourrait peut-être se tutoyer, maintenant, dit-elle d'une voix faible.

– Mais oui, bien sûr.

– Tu sais, Vincent... Je t'ai fait du mal, je me suis servie de toi, et pourtant... Pourtant, on aurait pu s'aimer... Si tu m'avais suivie... J'aurais été heureuse... Pour toi, j'aurais changé, j'aurais guéri...

– Mais tu vas guérir.

– C'est trop tard. Je n'ai pas besoin de voir défiler mon existence pour savoir que c'est la fin... Je sens la vie qui quitte mon corps...

– Ne parle pas. Ça te fatigue.

– Vincent... Embrasse-moi... Une dernière fois...

Il échangea un regard avec Guillaume qui détourna les yeux, puis regarda Éva avec une infinie tristesse. Alors qu'il allait répondre à sa dernière volonté et se penchait sur elle, la jeune femme sursauta et se raidit.

– Je ne veux pas mourir ! Je ne veux pas ! J'ai trop peur !

– Accroche-toi !

Mais son regard renvoya une terreur absolue, une souffrance extrême s'imprima sur son visage, et elle rassembla ses dernières forces pour hurler.

– Vincent !

Puis ses traits se figèrent et son corps fut secoué d'un dernier spasme. Vincent leva vers Guillaume des yeux baignés de larmes.

Après la mort d'Éva, le coffre de Louis Sformo fut placé à disposition de la justice pour enquête. Deux jours plus tard, Léo informa Guillaume que l'affaire était classée : la jeune femme avait été tuée par un dispositif empoisonné, trouvaille due aux connaissances de l'alchimiste – et, pour le reste, il n'y avait lieu de poursuivre personne, faute de charges.

– Sformo est coupable d'un crime avec cinq siècles de préméditation, conclut le flic. Éva Cabestany est morte. Je suis trop fatigué de toute cette histoire pour vous interroger les uns après les autres afin de compléter les pièces du puzzle. La prochaine fois, jouez franc-jeu avec moi dès le début : ça évitera bien des drames.

– Je n'ai plus l'intention de me lancer dans ce genre de quête, promit Guillaume. Mais que contenait le coffre de Sformo ?

– Il est à votre disposition : je vous laisse le découvrir. Nous l'avons passé au peigne fin, vous n'avez plus rien à craindre.

– Merci, capitaine Castelli.

– Vous comptez rester à Marseille ?

– Oui. Mais il faut que je trouve du travail.

– Bonne chance, alors.

Plus tard, Rachel, Guillaume, Luna et Nathan découvrirent enfin la nature du trésor. Guillaume demanda à son fils d'ouvrir le coffre.

– À toi l'honneur, mon garçon ! Moi, je l'avoue, j'ai déjà jeté un coup d'œil.

– Et alors ?

– Ouvre, tu verras bien !

Nathan s'exécuta avec gourmandise. Avant de faire la grimace.

– Des lézards ! s'exclama-t-il avec stupeur en découvrant un bocal.

– Ce sont des salamandres, rectifia son père.

L'adolescent détailla, dépité, le contenu du coffre : des bocaux d'insectes et de reptiles baignant dans un liquide jaunâtre, d'autres renfermant des poudres colorées, des fleurs séchées...

– Des araignées, des scorpions, des tisanes... Quelle arnaque, ce trésor !

– Au contraire ! répliqua Guillaume. C'est un mini-laboratoire d'alchimie. Et le mode d'emploi doit être ici...

Il saisit une série de parchemins rédigés en latin.

– J'ai contacté le principal laboratoire pharmaceutique de la région. Ils m'ont confirmé à quel point Sformo était en avance sur son temps, notamment en ce qui concerne les principes actifs des plantes. Ils ont hâte de se pencher sur ses textes, et ils ont bon espoir d'y trouver quelque chose.

– Il pourrait donc y avoir vraiment des recettes miracles là-dedans, alors ? s'interrogea Luna.

– Mais il y a *déjà* eu un miracle ! corrigea Rachel.

Nathan, Guillaume et Luna se tournèrent vers elle sans comprendre.

– Sans cette aventure, nous n'aurions jamais été réunis, expliqua-t-elle.

Tous se regardèrent, conscients de la vérité que venait d'énoncer Rachel. La vieille dame avait retrouvé une famille, Nathan s'était réconcilié avec Guillaume, qui lui-même avait trouvé l'amour dans les bras de Luna. Et, malgré les dangers et les drames qui avaient émaillé la quête, tous les quatre avaient en effet été grandement récompensés.

Le trésor du Mistral, c'était eux.

Ont collaboré à l'écriture du feuilleton :

Bénédicte Achard
Sylvie Chanteux
Luc Chaumar
Georges Desmouceaux
Isabelle Dubernet
Nicolas Durand-Zouky
Éric Fuhrer
Laurent Gassiole
Barbara Grinberg
Mariem Hamidat
Philippe Klébert
Christiane Lebrima
Yvan Lopez
Joël Meziane
Patrick Michel
Catherine Pierre
Alexandre Pottier
Magaly Richard Serrano
Flavien Rochette
Marc Roux
Olivier Szulzynger
Rémy Tarrier

Table

Achevé d'imprimer en juin 2006
sur les presses de la Nouvelle Imprimerie Laballery
58500 Clamecy
Dépôt légal : juin 2006
Numéro d'impression : 605127

Imprimé en France